KB085979

DENMA

THE
QUANX

1

양영순

네오
카툰

chapter .01

파마나의 개

덴마…라는 건
실버퀵이란 날강도들이
날 이 꼬마 몸속에 가둔 뒤,
제멋대로 가져다 붙인 이름!

저따위 장난감에 놀라
쫓기는 꼴이라니…
어처구니가 없어.

6개월 전만 해도 난…

콰악
짜아악

설마 이따위
장난감으로
날 잡겠다고?
저… 저기요.
전 돌봐야 할
가족이…
치잇!

입에 침이나
발라.

슈우욱

털썩
가족? 어디서 주워들은 건 있나 보구만.
설마 너희 사보이 떨거지들을 말하는 거냐? 응?

나 무혈사신 다이크 님께 그런 자비가 있을 리 없잖아!
너희 실력으론 안 돼. 날 상대하려면 최소한 하이퍼 쿵 정도는 데려오란 말야!
퍽 퍽

흥! 멍청이들!
불과 6개월 전만 해도 난 행성 우라노 내 현상금 사냥꾼들의 타깃 1순위!

5년간 저희와 일하시면 빚은 바로 청산할 수 있어요.
그 계집이 내 술에 약을 탔던 거야. 그날도 한바탕 전쟁을 치른 터였지.

단골 주점에서 만난 여자에게 홀려 내 속사정까지 전부 떠벌렸어. 약 기운 탓이었던 거다.
뭐? 빚 청산?

악명에 걸맞게 난 도박빚에
좀 시달리고 있었거든. 그런데
이 계집애…
하시겠어요?
닮았어.

응? 서명?

가… 가이린?
삑

오케이!
이제 저희 회사와
계약되셨네요.
털
썩

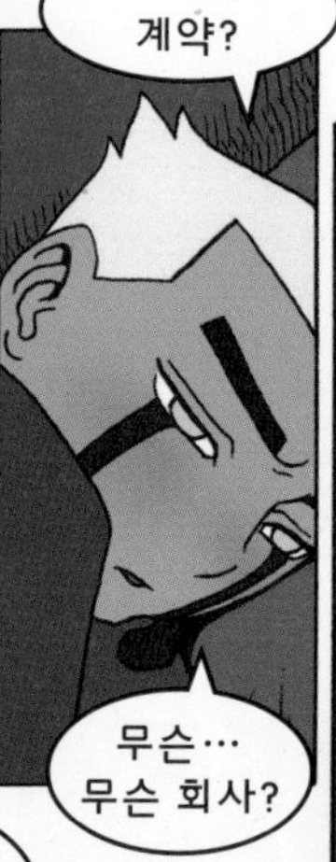
… 회사?
계약?
무슨…
무슨 회사?

네, 신속 정확 안전
무한책임 심부름 서비스
우주택배 실버퀵입니다.

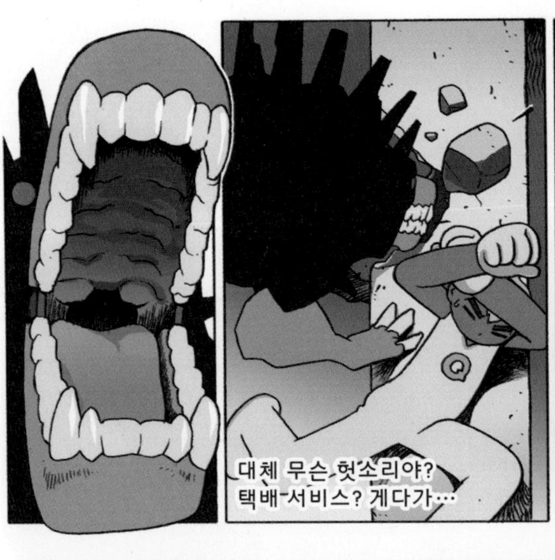
대체 무슨 헛소리야?
택배 서비스? 게다가…

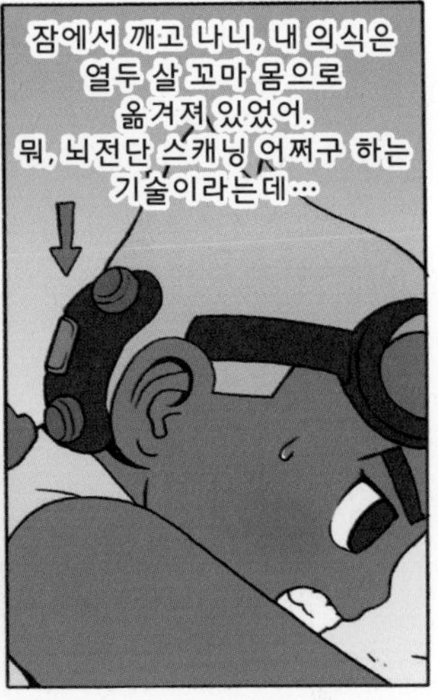
잠에서 깨고 나니, 내 의식은
열두 살 꼬마 몸으로
옮겨져 있었어.
뭐, 뇌전단 스캐닝 어쩌구 하는
기술이라는데…

빌어먹을 테크놀로지, 이게 무슨
개떡 같은 상황인 거냐고!
최강의 악당이 이런 약골
꼬맹이 몸속에 갇히다니…

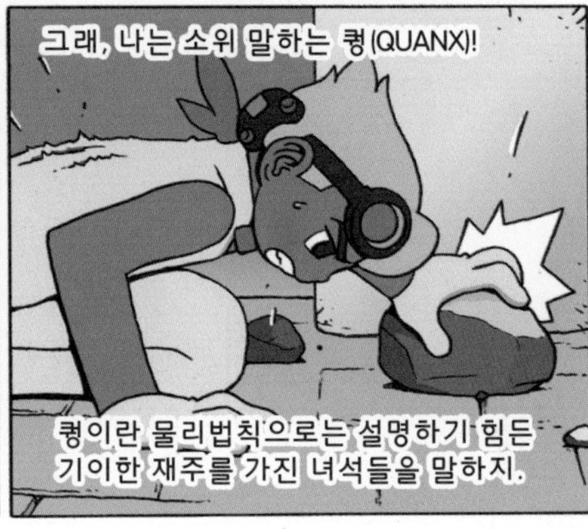
그래, 나는 소위 말하는 퀑(QUANX)!
퀑이란 물리법칙으로는 설명하기 힘든
기이한 재주를 가진 녀석들을 말하지.

내가 악명을 떨칠 수 있었던
것도 이 때문이었는데
턱

내가 가진 기술이란,

바로…
슈숙

슈우욱

터엉

질량 등가 치환!
하아
하아

무엇이든 머릿속에 위치좌표만 인지된다면 내 손바닥 위의 질량만큼과 맞바꿀 수가 있는 것이다.
쿵쿵

덴마 주인님!
퍽
꺄아아아…
소독!
소독!
할짝
할짝

계약? 5년?
웃기지 마!
누구 맘대로!
실버퀵!
이 도둑놈들!
두고 봐! 네놈들이
훔쳐간 내 몸을
되찾기만 하면…
냐하냐…
네, 네.
笑

* EMP탄: 강력한 전자기파 펄스를 이용해 전자기기만을 파괴하는 무기.
일반 폭탄처럼 폭발하는 것이 아니기 때문에 건물 따위는 파괴하지 않는다.

크
르르
야, 잘난 정보통!
뭔데?
내부를 자세히
살펴볼게요.
확실하게
상황 파악을
했어야지?
치료를 위해
어서 본선으로
돌아오세요.
痛
셀, 너 이 자식!
너희 악당 소굴로
돌아가면 당장
폐기처분이야.
냐하냐…
뭐야? 아까 그
고철 덩어리는
어디 갔어?
이제 거실로
들어갑니다.
!

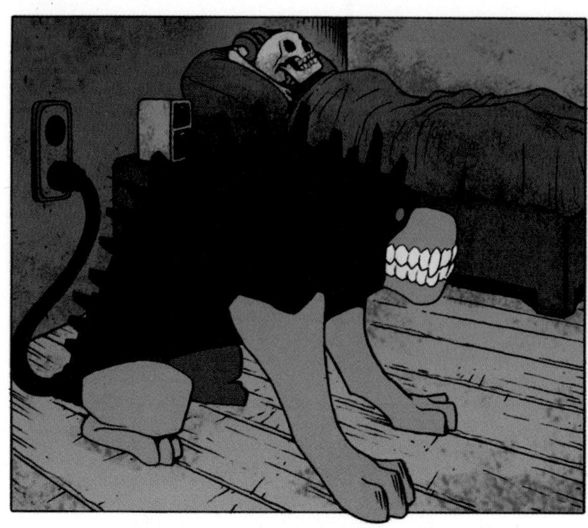

네?

예, 그 시신…
제 아버지네요.

근데 옆에 있는 저건 뭐죠? 저게 청구서의 원인이었나?
혹시 짐작 가는 거라도?

그 사람… 맥스라는 애완견이 있었죠. 하지만 저런 흉칙한 모양은 아니었는데…
여하튼 저게 문제였다면 당장 EMP탄으로 부탁해요. 그럼…

……

뭐… 늙고 병들어
쓸모없어지면
버려지는 거지.
아무리 그래도
자기 아버지에게
태도가 너무한 거
아니에요?
아닷…닷!
제기랄! 기껏
빨간약이나 발라주면서
잘도 그따위…
아잉…
닥치고 EMP탄 놓을
위치 좌표값이랑
거실 내부 영상 가져와!
내 손바닥 위에
해골이나 고슴도치
올려놓고 싶지
않으니까!
오케이!
저 상자 정도면
적당하겠어.

슈우욱

뭐야?
상자 안에
뭔가 들어 있네.

구형 메모리랑
재생기…

오, 그래! 죽은 영감의
은밀한 컬렉션 같은 게…
그… 그딴 거
보고 싶지 않아요!

네, 의뢰 건 처리 결과와
그곳에서 찾은 물건입니다.
꼭 보셔야 할 것 같아서…

아빠, 어서!
지금 시작해!

수고했어요.
그럼…
휴지통

이봐, 아저씨!

남의 가정사
내 알 바 아니지만
해도 너무하는 거
아냐?
일부러
여기까지 가져온
성의를 그렇게
무시하다니…

……
당신, 그렇게
완벽해?

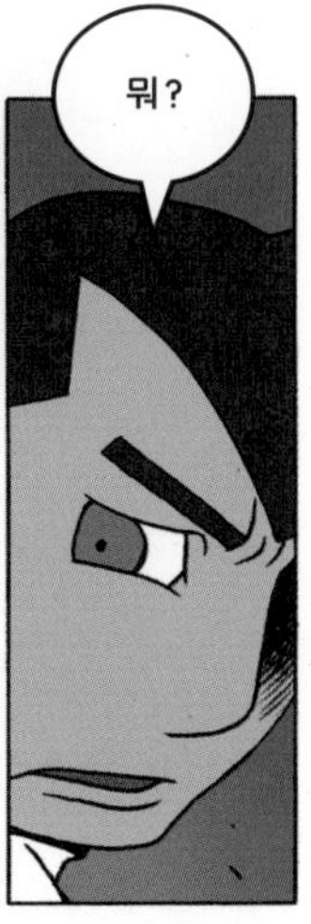
뭐?

당신은 완벽한
아버지냐구?
네, 완벽합니다!
군더더기 없는
깔끔한 연기! 역시…

건방진 꼬마 놈…

휴지통

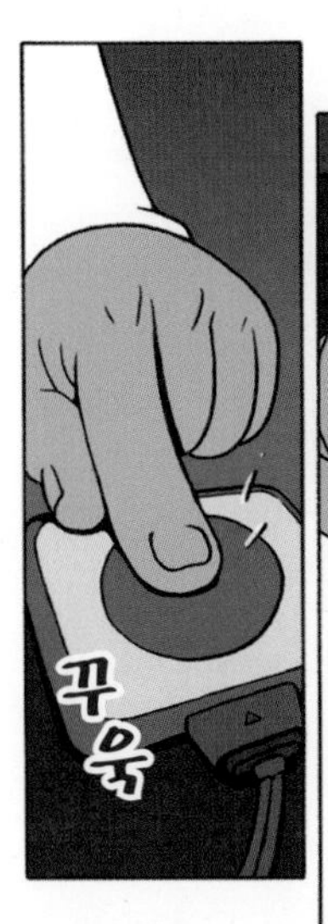
꾸욱

콜록
콜록

내 이름은 맥라이트,
17년 전 이곳 파마나에
정착했다.

아내 조엔과 아들 지누,
그리고 맥스…
신이 주신
내 보금자리.

5년!
5년만 견디면
한몫 잡아서 우린
더 행복해질 거야.
여보…

행성 파마나의 경제공황은
군장교 출신인 나를
행성 테시스의 용병으로
내몰았다.

5년 만의 귀향…

동네가 그간
많이 변했네.

서… 설마
맥스?
우왓! 이 녀석!
날 기억하고
있었구나!
몰라보게
컸는걸!

여… 여보!

아, 아빠!

뭐야,
연락도 없이…
미나 좀 만나고
올게요. 이따
봐요, 아빠.

변한 건 동네만이 아니었다.
지금 생각해보면 내가 넘어왔던 생사의
고비가 아내와 아이가 겪고 있던 시간보다
더 가치 있다고 말할 수는 없는 것이다.
하지만 당시에는 그것을 알지 못했다.

이제 이 행성에서
날 상대해주는 건…

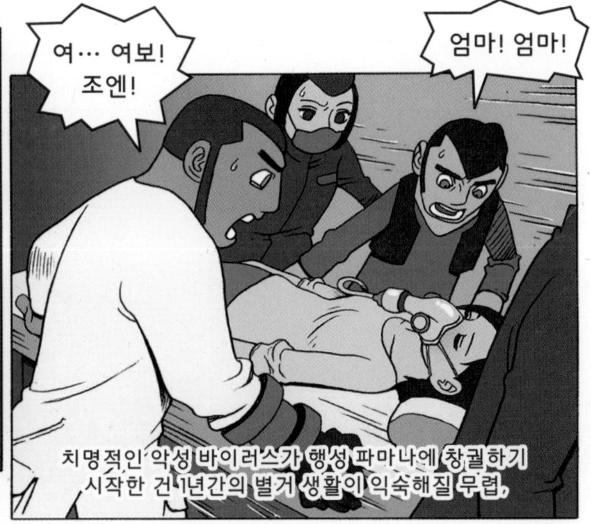

향후 3년간
바이러스의 활성기가
계속될 거라는
보건국의 발표와 함께

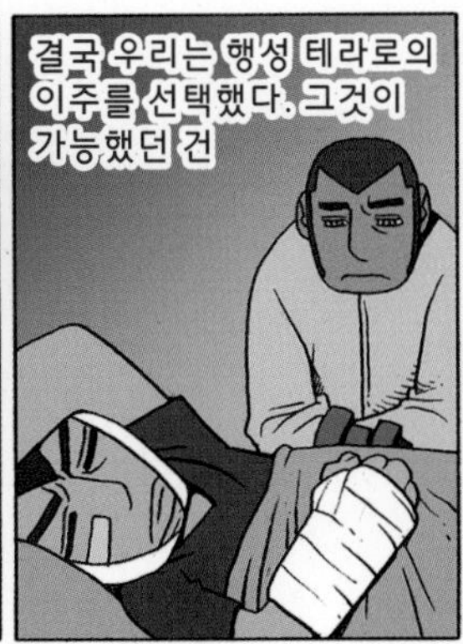

켁
켁

행성의 재앙에 동물도 예외는 아니었다. 그때 내가 선택할 수 있었던 유일한 방법은 맥스의 의식을 로봇의 몸으로 옮기는 것으로, 이 인공 뇌신경 세포자 시술에는 만만치 않은 비용이 들었다.
맥스를 살려야 한다는 절박함에 그때의 그 지출이 무엇을 의미하는지 잘 알지 못했다.

탕

뭐? 얼마? 그깟 개 한 마리한테…
엄마 죽어갈 때 당신 뭐 했어?

그 돈이면 엄마… 그렇게 보내지 않을 수도 있었잖아!
당신이 그러고도 사람이야?

두 번 다시…

두 번 다시는 당신 얼굴 안 볼 거야!

일방적…
그날 아이의 태도에서
내 의사소통의 문제점을 깨닫게 되었다.

그러나 이미 때늦은 후회,
맥스에게 쓰고 남은 돈으로는 아들만을 행성 테라로 보낼 수 있었다.

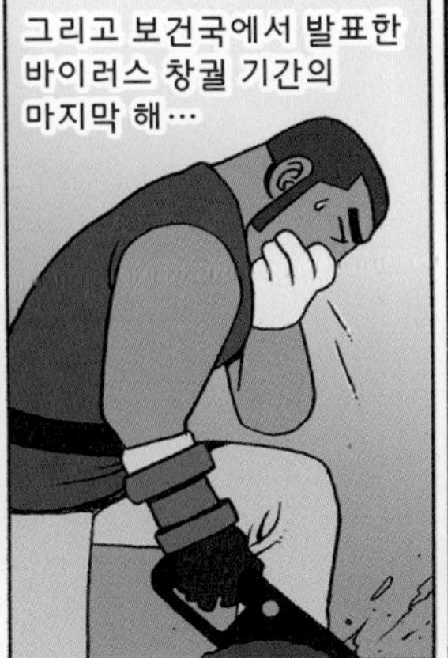
그리고 보건국에서 발표한
바이러스 창궐 기간의
마지막 해…

쨍그랑
!
아무도 찾지 않는
용병의 집에
손님들이 찾아왔다.

확실해? 그냥
보통 로봇 같은데…
잔말 말고
따라와!

으르르

너희들…
뭐야?

주무셔, 아저씨!
슉
콱
우와앗!

퍽
퍽
퍽
읏! 뭐야? 뭔가 흘러내려!
크흐흐… 역시! 이게 바로 일반 로봇과는 다른 차원의 가격이 붙는 증거라고.
이게 바로 인공 뇌신경 세포소자.
이게 얼마나 재미있는 물건인지 보여주지.
자, 이걸 나노혼합액에 넣고 일정한 전류를 흘려주면…
이 세포소자에 저장된 생체 의식 정보가 활성화되면서
자,이제 몇 시간 뒤면 깜짝 놀라게 될 거야.
이거 하나만 팔면 1년은 놀 수 있다고.
츠
츠
나노액을 재조합해 제 몸뚱이를 만들어 나가게 돼.
츠츠츠

초조
드르렁
스윽

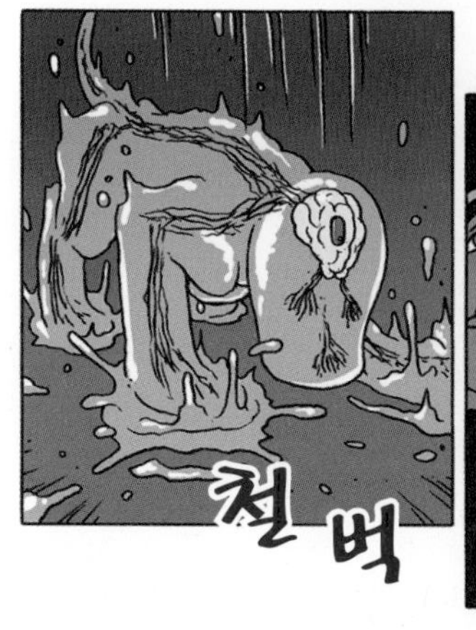
철벅

!

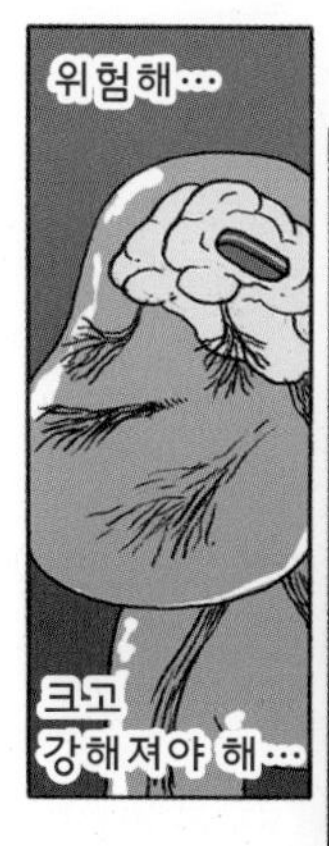
위험해…
크고
강해져야 해…

착
착
착

아뿔싸!
아… 안 돼!
?
쉬이익
으아아악

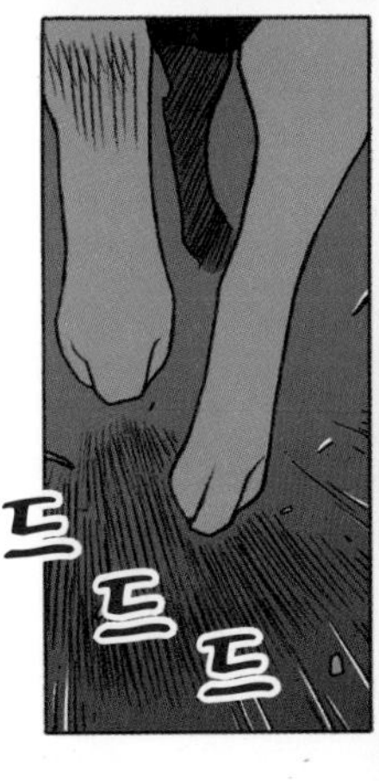
드드드

주인님께…

주인님께 돌아가야 해…

당신은 완벽한
아버지냐구?

꺄아아, 덴마 주인님.
이 부분이 이번 의뢰의
하이라이트였어요.
자, 제
컬렉션에…
뭔 컬렉션?
당장 치우지 못해!

근데 무슨 생각으로
저런 멘트를…?
몰라! 그냥
동영상에서 징징대는
소리가 짜증 나서…

아버지라는
것들은 말이야…

외롭다거나
힘들다는 말 같은 거
할 수도 없고, 해서도 안 되고,
할 필요도 없거든.

쿨럭
쿨럭

그렇게 맥스 녀석은
주인을 지키겠다고
저 모양이 돼버렸다.

아, 마지막으로…

행여라도 내 아들
지누가
이 영상을 보게
된다는 전제하에…

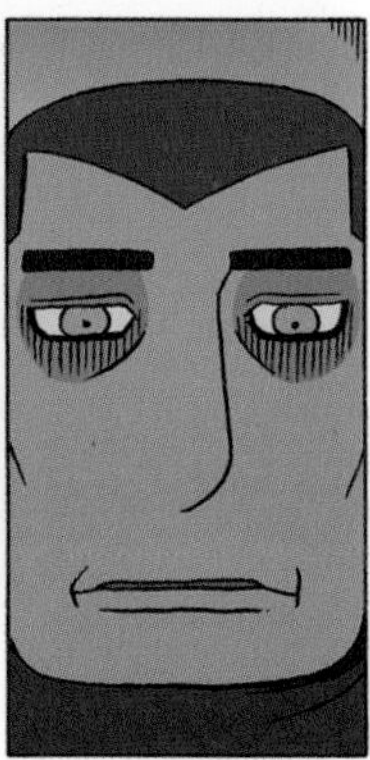

지누야.
긁적
긁적
미안하다.
더…
긁적
긁적
더 행복해지려고
했는데…
잘 안 됐어.
잘 지내렴,
내 아들.
여기까지!
피곤해…
이젠 쉬어야
겠다.

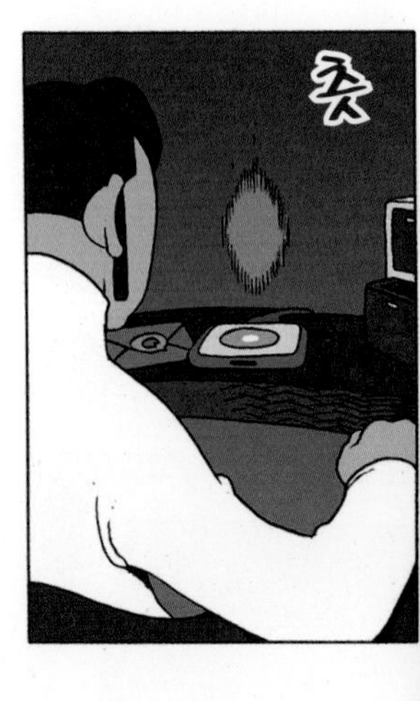
츳

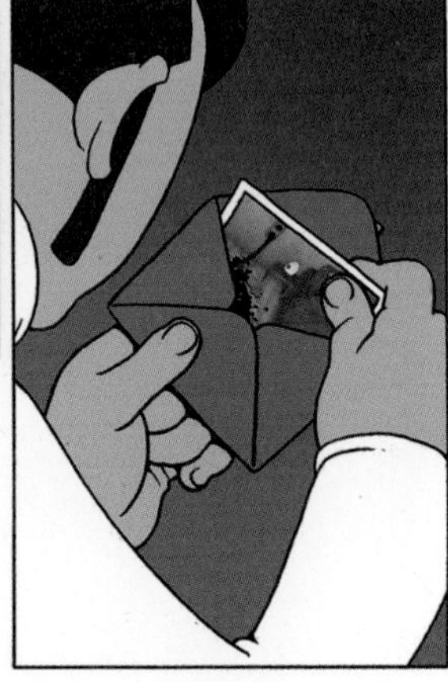

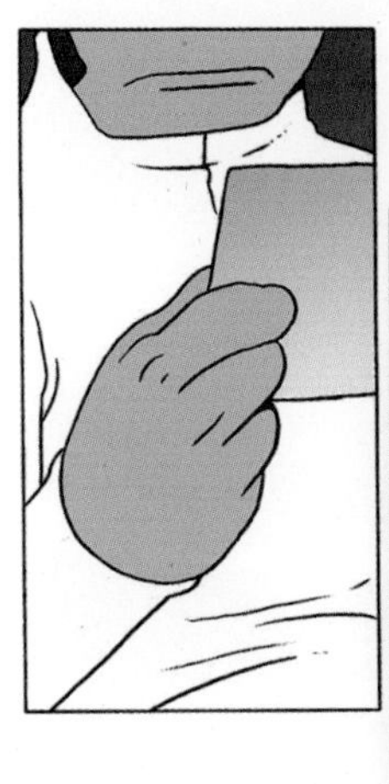

마침.

chapter .02

해적선장 하독

드
드
드

오케이! 통관 허가
났습니다. 워프홀 접근!

무장 및 방어막 해제!
진입합니다.

!

콰 직
아앗!
뭐… 뭐야!

뭐긴, 이것들아!
해적선이지. 속았지롱?
손들어!

콰악

칼번행
죄수 수송선이지?
여기 녹색 옷 입은
사형수들 방이 어디냐?

빡

손들라니까! 어쭈?
이게 누굴 노려봐?
눈 깔어! 어서!

!

츄악

광

이… 이봐!
충돌이 있던데…
해적들인가?
텅
탈옥을
도우러 왔다면
우리도 데려가줘.
뭐든지 할게!

우리 에돔 연대가
상종 안 하는 부류가
있지.

여자와 아이를
괴롭혀 녹색 수의를
입게 된
키힝

너희같은 삼류들!
우드득
아아아악

치이익
!

뭐… 뭐야!
내 얼굴에
무슨 짓을…?

칼번 감옥의
위건 소장이 너희를 보면
무척 기뻐할 거야.
가서 전해!
옛 친구가 안부를
묻더라고!
자, 다음!

뭐?

택배물 수령인이
해적 두목?
네, 주인님.

이것들이 미쳤나?
이 꼬맹이를 해적 소굴로
집어넣겠다고?
탁

나 안 해!
나 안 해!
냐하냐…
벌
렁

아항, 본부의
할당량을 거부하면
자동 계약 연장이
되는구나.

유사 시 택배 기사의
판단에 따라 도우미들은
폐기처분할 수 있다지?
냐하냐…
아잉~

하여 이번
의뢰 대상은…

행성 레카의
해적 선장, 하독 님!
그래, 그렇게 미쳐가야
널 폐기할 때 내 마음도
편하지.

칼번 감옥

보시는 바와 같이 이번에도…
'불쾌한 제이드'는?
껍질만 남은 걸 보아 무사히 놈들 틈으로 숨어든 것 같습니다.
소장님, 놈들의 소굴 파악이 끝나면 특공대에 알려 일망타진할까요?

아니야. 괜히 치외법권 행성 레카를 건드려
이번 일 도와주시는 분들을 번거롭게 해선 안 되지.

내 오랜 벗이 이토록 날 보고 싶어 하니
조용히 그 친구만 내 앞으로 데려오면 될 일!

행성 레카
갑판장!
갑판장!
뭐야? 왜 한 놈도 안 보여?
우와아
서… 설마 이것들 또?
고! 고!
고! 고! 고!
마! 이런 싸구려 악당 행성에 감히 우리 민G님을…
패왕이 위성을 하나 주겠다는 제안도 거절하신 분이라고!
아, 우리 민G님! 우리 행성에 한번 안 와주실까요?
패왕 실망이야! 우리 민G님께 행성 하나라면 몰라도…
그런 영감 죽어버려!
야! 임마!

너부터 죽어!
무슨 해적 놈들이
아이돌한테
빠져서는…
민G님!
민G님!

야, 갑판장!
선거가 코앞이야.
너 내가 시키는 대로
애들 매수했어?

그게… 하독 선장이
지휘한 이후로 어째 우리가
의적이 돼버린 분위기에다…
또 그걸 은근히
좋아하는 녀석들이
꽤 되더라고요.

그게 무슨 헛소리야!
우린 해적! 악당들이라고!
이것들 정체성이…
사실 이 행성에서
사람들에게 환대받는 건
우리뿐이…

닥쳐! 닥쳐!
나 이번에 선장 못 되면
두 번 다시 기회가
없단 말야!
해적 인생 40년!
마무리 좀 폼 나게
지어보자고!

이번 선거에서
또 떨어지면
너 죽고 나 죽는 거야!
알았어?

!

!
응? 그냥 밖에서 대기하고…

컥!

진로를 바꾼다니 무슨 소리야?

행성 칼번으로 항로를 변경하라는 본부의 지시예요.
해적선장 하독 씨가 체포됐다네요.

촤악

이게 얼마 만이야? 거북선 사고 후니까 꽤 됐지, 친구?
세월이 많이 바뀌었구만. 엘리트 경찰이 해적이 돼 있으니…

칼번 감옥의 소장님이라…
꾸준히 의원들 밑을 닦아온 결실이겠어.

세상 물정 모르고
허세는 여전하구만.
자네를 체포하고
심판하는 데 뜻을 모아준
분들이 계셔.

어느새 성장해 이 행성
칼번을 움직이는 사람들이야.
모두 자네를 잊지 못하지.
바로 거북선 사고로
희생된 의원님들의 가족.

먼저 케이 의원의 아들,
본 내령.

인사해. 그분이 급파해주신
대테러 공작팀 부대원
불쾌한 제이드 군이야.
이번 일에
일등공신이지.
스윽

치외법권 레카에서
자네를 끌고 와 법정에
세우려면 우주평의회
동의를 얻어야 하지.
절차만도 1년이 걸려.
달튼 의원의 따님, 우주평의회
의원 페이트 양. 1분이 채
안 걸리더군.

행성 간 죄수 호송은
특히 출입국 관리소의
엄격한 통제를
필요로 하지.

칼 의원의 아들, 행성 출입국
하겐 부소장. 절차 없이 통과.

재판도 받지 않은 자네가 나와
함께 있으려면 청장님의 승인이
있어야 돼.
마르코 의원의 아들, 쿠이치 청장.

드레이크 의원의 아들, 거버 군. 변호사이자 의사로 검사의 판단에 도움을 주려고 자원했어.
그리고 혹시나 자네가 건강상의 이유로 재판을 미루는 일이 없도록 의사로서 소견을 밝힐 거야.
클라이맥스야! 자네를 담당하게 될 하치 검사. 맥그레이 의원의 따님으로
칼번의 저승사자라고 불리고 있다네.
그리고 이번 일의 피날레를 장식해줄 가우스 판사님. 아버지 고어 의원의 결단력과 냉혹함을 그대로 닮았지.
자네답게 준비를 많이 했군.

신부님이나 스님, 목사가 필요하게 되면 언제든 얘기하게.
내가 자네에게 그 정도는 해줄 수 있지 않겠어?
각 분야의 엘리트들이 자네를 위해 준비한 이벤트야. 이제 곧 얼마나 무서운 속도로 일이 진행되는지 많이 놀라게 될 거야.
이게 모두 다 자네 때문에

탕
탕
해적 하독!
본명, 히쳐 그렉!
사랑하는 아버지를 잃게 된
자식들의 분노라네.

사형!

칼번 출입관리소
사형?

아니 얼마나 악당이길래 체포된 지 3일 만에 판결이 나? 말도 안 돼!
BANG
BANG
뭐, 덕분에 할당량 하나 줄어들었…
… 을 리가요.

무한 책임은 업계 최고인 우리 실버쿽의 모토!
… 같은 소리 하고 있네. 여기 법대로라면 그 선장을 무슨 수로 만나?

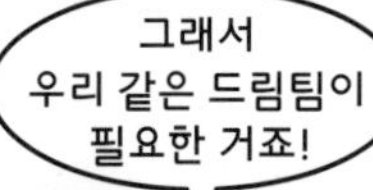
그래서 우리 같은 드림팀이 필요한 거죠!

?
스륵

휙
휙
냐아!

!

자네에게 보내는 명사들의 메시지야.
틱

이봐, 그렉 씨! 1주일 후, 당신이 죽기 전에 바로 알아야 할 사항이 있어.
거북선 사고 때 진상규명단에 구명의 원칙대로 했다고 했지?

그건 칼번 상류층에 대한 도발이야. 칼번은 명백한 계급사회!
쓰레기 난민을 구한다는 명분으로 넌 체제 전복을 꾀한 거나 다름없어.
감히 너 따위 삼류 공무원이…
띠리릭
!

잠깐…
CALL
장인어른! 예정일보다 일찍… 아들입니다. 주데이가 순산했어요!
아…

주데이…?
아빠! 우리 아가 좀 보세요.
오, 그래! 장하다. 우리 딸! 몸은 괜찮니?
뭐야, 당신! 이 녀석들이 오늘 우릴 노인으로 만들어 버렸다구!

미… 미라엘!

당신도 참…
그래, 오늘은 일찍
들어갈게.
사랑해!
그래,
나도!

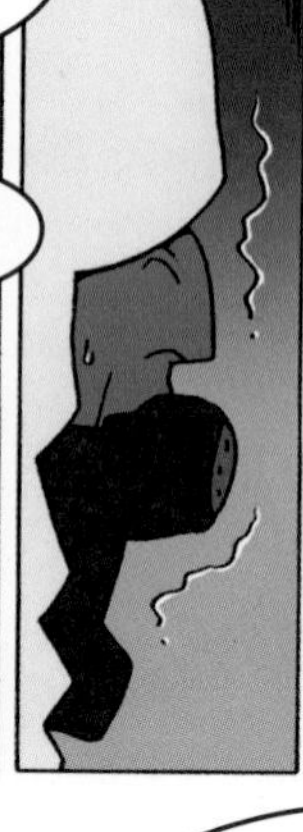

철
컥

왜? 자네가 있어야 할
자리에 내가 있는 것 같아?
네가 버리고 간
여자와 아이야.
그리고…

퍽

미라엘은 원래
내 여자였어. 남의 여잘
뺏은 건 네놈이었다구.
털
썩

꿈도 꾸지 마!
이젠 내 가정이야.
넌 17년 전에 이미 죽었어.
그러니 이번엔 확실하게 가!

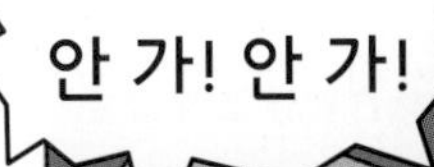
안 가! 안 가!
그러다 불법 침입으로 걸리기라도 하면?

그럴 땐 실버퀵 로고를 시계 방향으로 두 번 문지르세요.

어?

이게 뭐야?

골드윙! 우리 실버퀵의 최대 라이벌이죠.

칠 뻔했다. 빌어먹을 안드로이드… 다녀올게.
아잉~

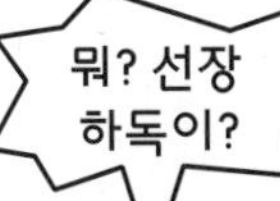
뭐? 선장 하독이?

보세요! 수송선 약탈 사건 파일 해킹 중에 우연히 발견했어요.
앗! 정말이네! 갑자기 실종된 녀석이 왜 사형수로 저곳에 가 있는 거야?
비상! 비상! 전 대원에게 알린다. 실종됐던…
어르신, 표정 관리 좀…

야, 야! 셀!
이… 이거 정말
안전한 걸까?
키잉

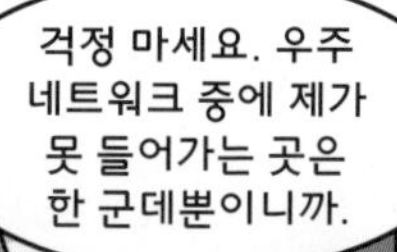
걱정 마세요. 우주
네트워크 중에 제가
못 들어가는 곳은
한 군데뿐이니까.

감옥 주변이라
무장 로봇이 잔뜩
깔려 있더라고요.

으아아아…
키힝
기기들은
모두 오작동되게
해놨어요.
선장 하독 님
방도 찾았고요.
낑
낑
뭐야? 이 녀석들…
염려했던 것보다
허술하네.

거…
그 양반
자세하고는…

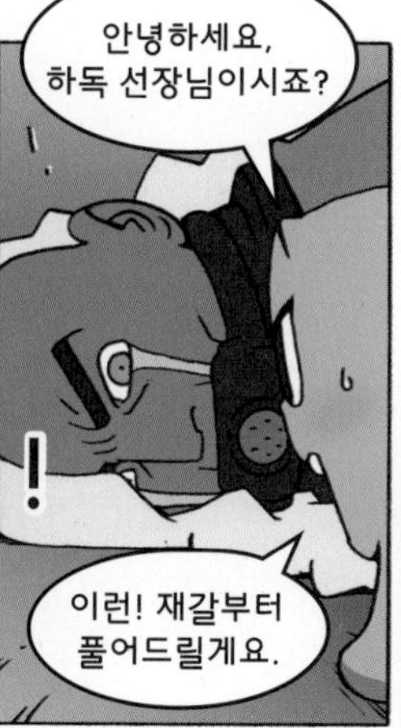
안녕하세요,
하독 선장님이시죠?
!
이런! 재갈부터
풀어드릴게요.

힉스?

처음 듣는
이름이로군.
냐하냐… 역시
제 의뢰인의 예상
대로군요. 그럼…

주인님, 이 재갈하고
물건 좀 바꿔주세요.
오케이!
슈욱

쓰윽

선장님, 혹시 이걸 보시고
기억나는 숫자… 없으세요?

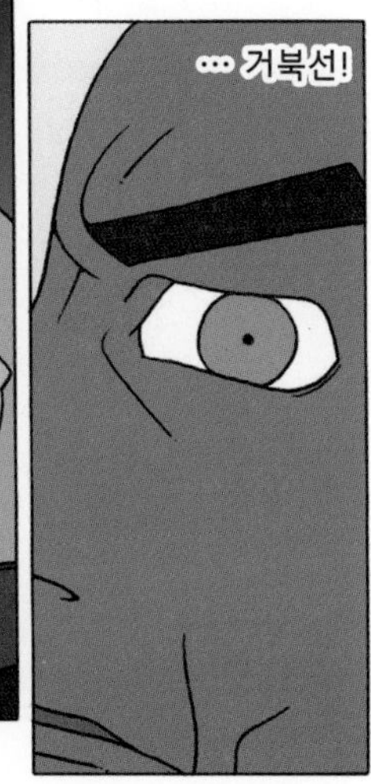
… 거북선!

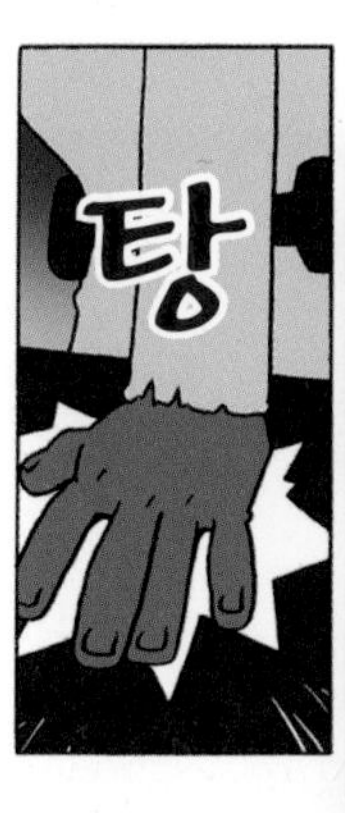
탕

왜 이래, 그렉!
어쭙잖게!

의원님들 보좌하는
우리 임무에만 집중해!
쓸데없이…
닥쳐, 위건! 이게
말이나 돼?
이 사절단의
목적이 뭔데?

우리의 목적은 구명 활동이었다.
제8우주 평의회 비회원 행성국,
가데스와 바네아 간의 전쟁은
가데스의 압도적인 승리로 끝났다.

승자의 학살과 약탈은
우주 평의회의 의제가 될
만큼 참혹했다.

중재와 개입에 한계를 느낀
평의회는 가데스가 타행성에
진 빛의 일부를 바네아인들의
몸값으로 대신하자는
결론에 이른다.

그러나 회원국들의 참여는
저조했다.인도주의적인
접근이 별다른 이익이
되지 않았기 때문이다.

심지어 사절단 중에는 승리국 가데스의 축제에 참여해
여흥을 즐기는 것이 전부인 이들도 있었다.
그것은 행성 칼번의 임원들도 마찬가지.
자신들의 임무를 경비 인력들에게 맡겨버린 것이다.

포로로 끌려 온 바네아인들의 실상은 소문보다 훨씬 더 심각했다.

남녀노소 할 것 없이 이들은 이곳에서 중노동과 폭력에 시달리다 결국 모두 죽게 될 것이다.
아… 아저씨! 제 동생 좀 데려가 주세요!

같이 가자. 동생은 네가 돌봐야지.
우리가 선택한 건 어른보다 가벼운 아이들.

한 생명이라도 더 살리기 위해 함선의 불필요한 무게를 최소화했다.
하지만 우리의 이런 노력을 비웃기라도 하듯…

칼번의 의원들은 헐값에 얻은 전리품들을 싸 들고 돌아왔다. 게다가 여자들까지…

이 자식들!

퍽

이게 미쳤나?
하극상도 유분수지.
벌레 같은 게…

놈들의 욕심을 다 싣고 나자 배에
태울 수 있는 아이들은 이제
불과 10여 명…

아… 아저씨…
제 동생…

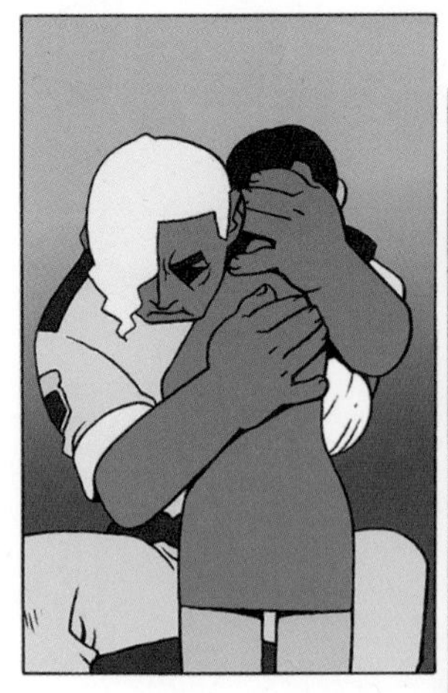

가슴으로만 안고 와야 했던
남겨진 아이들…

무장, 방어막 해제
워프홀로 진입…
텅
뭐… 뭐야?
그것은 가데스 극렬 세력의 습격이었다.
방어막 치고 응사해!
앗! 경장님! 충격으로 탑승 모듈이 떨어져 나갑니다!
어서! 어서 의원님들부터…
무슨 소리야? 아이들부터 구해!
그랬다간 복귀 후에 우린 끝장이야!
의원님들이 먼저다!
퍽
구명의 기본을 잊은 거냐, 위건? 원칙대로 한다!
아이들부터!

바로 그때…
쾅
철컥

의원들이 탄 모듈이
공격으로 인해
폭발해버렸다.

가속!
가속 엔진 모드로
웜프홀 통과해!

키잉

철컥

기억나지 않아.
이제 와서
그런 얘기…
지금 이 상황에
그런 건 말해
뭐하게…
지금까지
하신 얘긴
뭔가욧?

아, 이 영감이…
야, 셀!
아바타에
나 연결해!

이봐, 아저씨!
당신 사정
딱한 건
알겠는데…

나중에 의뢰인이
당신이 외면한 걸
우리 탓으로 돌리면
난 빌어먹을
계약 연장이라고!
아저씨야 내 사정
알 바 아니겠지만
그렇게 되면
내가 가만
있을 것 같아?
당신 가족이나 지인들을
찾아가 대가를…
8956!
착
네!
아, 네!
찾으시던 그분이
맞다고요?
선장님, 의뢰인께서
직접 통화하시길
원하세요.
!
아…
안녕하세요.
그렉 경장… 아니
하독 선장님.
제 이름은 힉스.
17년 전, 저는 거북선 8956호에
탑승했던 난민 소년이었습니다.

철컥

갑자기 불쑥 연락 드리게 돼 죄송합니다.
이렇게 급박한 상황에 계시리라곤… 상상도 못 했습니다.

철컥
얼마 전 난민 캠프의 은인이셨던 두원 신부님께서 경장… 아니 선장님을 찾아뵙고
감사 인사를 드리라는 유언을 남기셨거든요.
우연히 얻게 된 단서를 가지고 백방으로 수소문한 끝에 이렇게…

거북선 사고 후, 저희로 인해 결국 가족까지 두고 이곳 칼번을 떠나셔야 했다고…
감사함과 동시에 낯을 들기 어려운 죄송함도 느낍니다.

선장님 덕분에 저희는 이곳 칼번에 무사히 정착할 수 있었어요.
작지만 이 사회의 일원으로 각자 열심히 살아가고 있답니다.

집행해!
예, 청장님!

지금 처하신 상황을 알게 된 저희들은 작은 힘으로나마 선장님을 돕기 위해 뭉쳤습니다.
다행히 사형 집행일까지 저희가 준비할 1주일의 여유는 있더군요.

이곳 칼번은 행성 통합 시스템으로 행성 내 공무는
모두 인사국의 인원 배치 결정에 따라 진행되고 있습니다.

치익
저는 칼번 인사국 전산팀 행정과에 재직 중입니다.
선장님의 사형 집행 건 진행을 모두 거북선의 아이들에게 맡기려고요.

먼저 저희 중 가장 수재였던 에릭은 현재 경찰국 약물 처리반에서 일하고 있답니다.

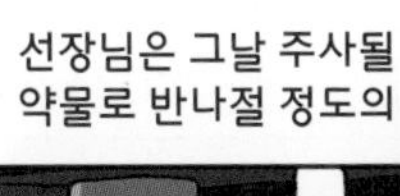
선장님은 그날 주사될 약물로 반나절 정도의

치익
임사 체험을 하시게 될 거라더군요.

집행이 끝난 시신은 보통 장의부에서 장기 적출을 하는데요.
삐이이
이제 아버님들께서도 편안히 영면하시겠어.

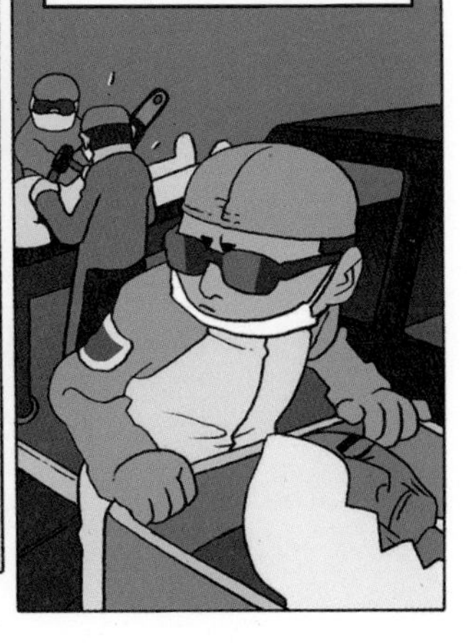
리틀 토미는 일처리가 빠른 장의사로 업계에선 유명인사라네요.

일의 마무리 때까지
선장님을 모실 주드로는
우주 택배 기사의 꿈을 위해
열심히 노력하고 있답니다.

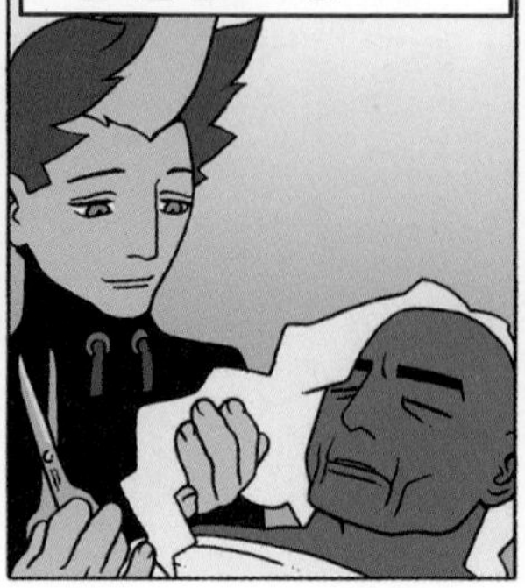
헤어디자이너 겸 스타일리스트
케이준. 녀석은 선장님께
실력을 뽐내고 싶어 해요.

동사무소 직원 미루는 동네가
뽑은 올해의 미소상을 한 번도
놓친 적이 없는데요.

그런 미소를 가지고서
있던 사람을 사라지게도
없던 사람을 있게도 만들죠.
혹시 원하시는 이름이
있으면 말씀해주세요.

자칭 1등 신부감인 네일은
중앙은행 전산팀에
있는데요.

세무서에 근무하는 제우와
곧 결혼하게 될 것 같아요.
이 예비부부가 선장님의 새로운
신용 정보를 만들 겁니다.

의료보험 공단의 지원이도
함께하는데, 모두들
해커 우즈의 도움을
받기로 했지요.

즐거운 여행 되세요, 에돔 씨.
다음!

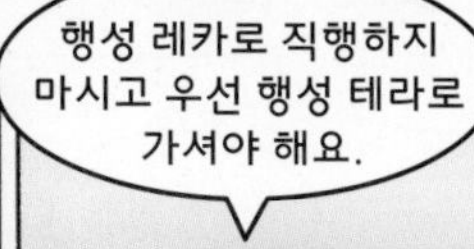

행성 레카로 직행하지 마시고 우선 행성 테라로 가셔야 해요.

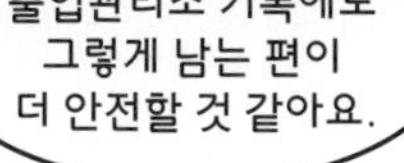

출입관리소 기록에도 그렇게 남는 편이 더 안전할 것 같아요.

하아아…

자… 잠깐! 정말 그런 일이 가능하다면 한 가지 어려운 부탁이 있는데…
네, 말씀하세요. 저희가 도울 수 있는 일이라면…

BAR

1주일 뒤,

소장님, 과음하시네요. 사모님께 혼나시려고…
이 친구야, 오늘 야근이니까 괜찮아.
그리고 오늘은 술이 좀 필요해.
기분이…
아주 엿 같거든.
없애버려야 할 골칫거리가 하나 있어서 오늘 치웠지. 근데…
근데 기분이 왜 이렇게 더러운 거지? 그렉… 그 꼴통 자식!
의외로군.
뭐야, 넌?
꼴통이다.
놀랄 것 없어. 지나가던 유령이니까.
벌써 취하면 안 돼. 아직 밤이 길다구.
우리끼리 폐기하기로 약속했던 거북선 블랙박스를 네가 공개하는 바람에 난 모든 걸 잃었다.
아내와 아이를 보호하기 위해선 이혼하고 칼번을 떠나야만 했지.
임무를 망각하고 주제넘게 설레발친 네놈 잘못이야. 그걸 공개하지 않았다면
거북선 동료들은 모두 모가지였어. 그들은 생계를 책임진 가장들이었다구.

빌어먹을!
내가 지금 혼자서 뭐라
지껄이는 거람?
여기
한 잔 더!

저승에 가기 전에 네게
고맙다는 말을 전하려고
들렀다.
주데이와 미라엘의
그림자 없는 목소리와
표정.

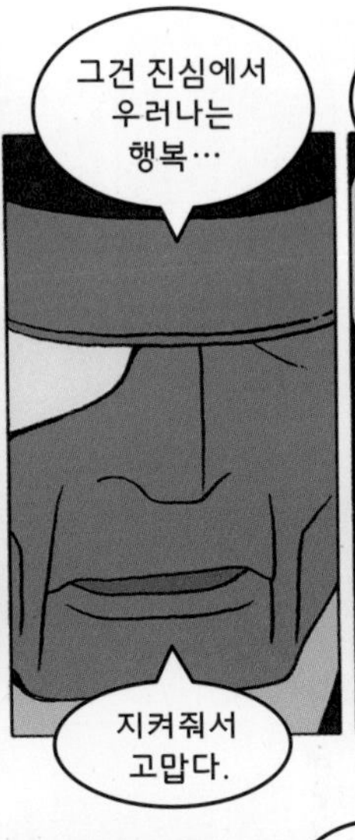
그건 진심에서
우러나는
행복…
지켜줘서
고맙다.

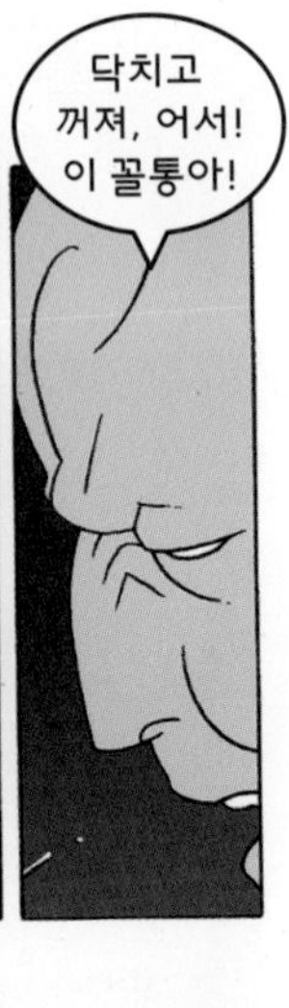
닥치고
꺼져, 어서!
이 꼴통아!

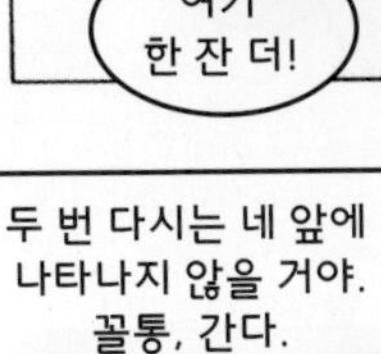
두 번 다시는 네 앞에
나타나지 않을 거야.
꼴통, 간다.

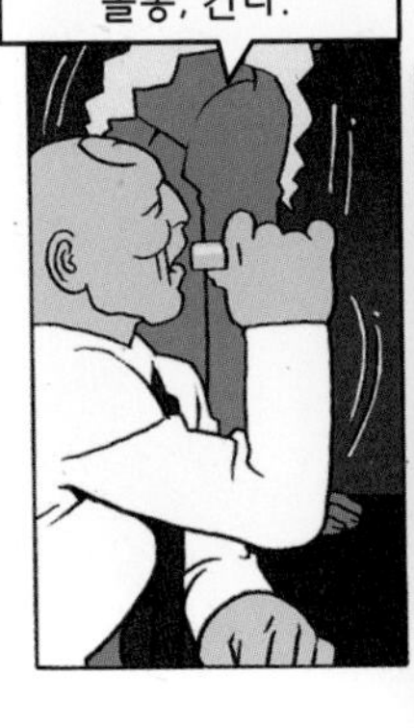

BAR

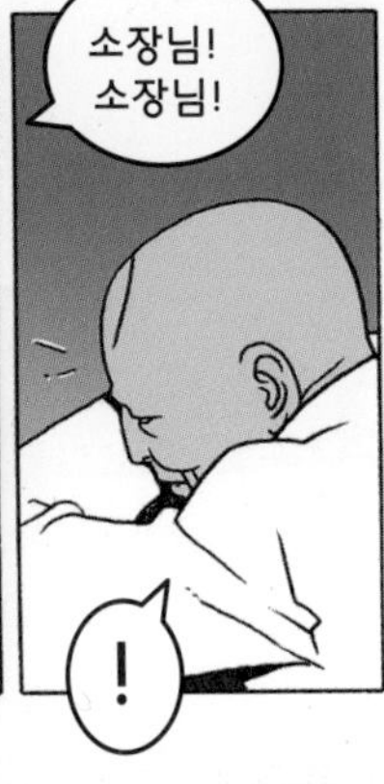
소장님!
소장님!
!

뭐?

네, 지나가던
유령이라는 분이
계산하셨다니까요.

크흐흑…
구출 계획 도중에,
그것도 당신 생일날…
제군들! 그는 이제 영원히
우리 가슴속에 남게 됐어!
슬픔을 딛고 우리는
다시 일어서야 해!
여기 여러분들의
새로운 지도자와 함께
하독 선장의
뜻을 받들어…
텅
미안하네, 제군들!
잠시 바람 좀 쏘이다
전할 얘기가 있어서…
그리고 저…
혹시 거북선 탑승 때
갓난아이 기억하세요?

그 녀석…
가수가 됐어요. 저희들에겐 정말 큰 자랑거리랍니다.
이번 일에 자신도 꼭 참여하고 싶다고 해서요.
마침 레카로 되돌아가시는 날이 선장님 생신이고 해서…
아, 먼저…
함께 와주신 손님이 계신데…
안녕하세요. 가수 민G라고 합니다.
선장님 생신을 축하드리기 위해 작은 무대를 준비해 왔습니다.

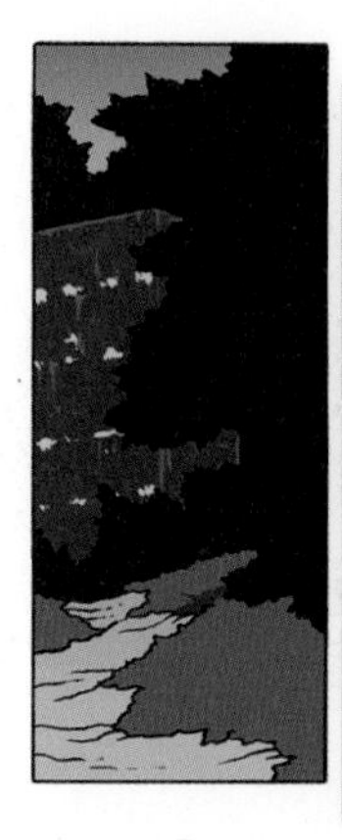

뭐? 정말 간절히 원하면 반드시 이루어진다고?

크크크크…
부선장님! 부선장님!

왜? 나랑 같이 가려고?
서… 선장님이…

오늘…

은퇴 하시겠대요.

선장님!

여러분!

감사합니다.
정말
고맙습니다.

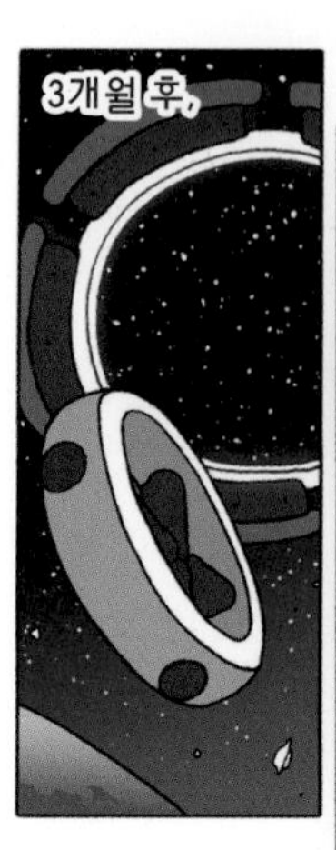
3개월 후,

선장님! 드디어
행성 테라로
진입합니다!

약속은
내일이라며?
왜 하루 전부터
이 난리냐구!

행성 테라
TNTN
우유

……
자네 또 고아원
다녀오나?
아, 배달원 월급이
얼마나 된다고
그렇게 퍼다 줘?

녀석들 좋겠구만.
자네 같은 부지런한
후원자가 있으니…

아니에요,
사장님.
제가 아이들을
돌보는 게 아니라

아이들이 저를
지켜주고 있는걸요.

뭔 소린지…
TNTN
우유
그래, 내일은
하루 쉬겠다고?

예, 귀한
손님들이 오셔서…

마침.

A.E.

안녕하세요.
부소장님!
아, 어서오세요.
메기 중사. 덕분에…
제게 보여주실 게
있다고요?

제이드!
탁
쓰윽
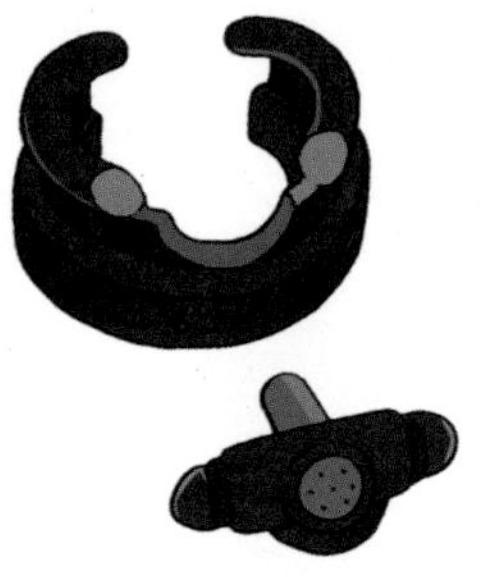

이번 사형수에게
물렸던 자살 방지용
재갈인데요.

절단면 질감에
의문을 갖던 차에…
보세요!
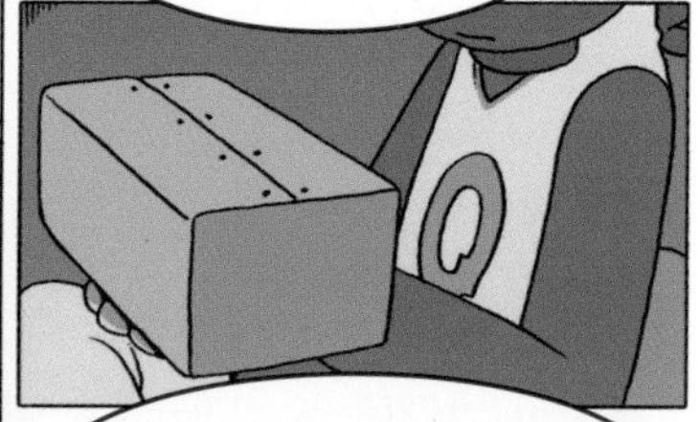
이건 혹시 있을지 모를
네트워크 침입에 대비한
외주 경비 업체의 별도 시스템
감시 카메라에 잡힌 화면입니다.

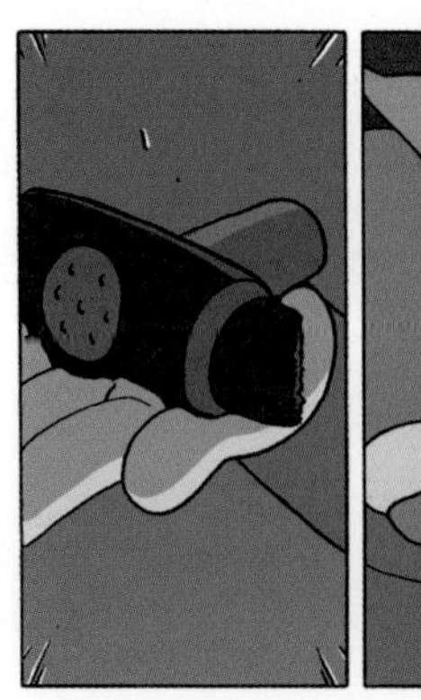

네?
쿵이네요.
이봐, 제이드!
하도르 상사와
같은 기술을 쓰는
녀석이 있어.

경비 업체에 연락해
이 자료를 완전히
삭제하라고 하세요.
이 데이터는
저희가 가져갈게요.

외부로 이 장면이
유출되면 쿵 사냥꾼 사보이들이
이곳으로 개떼처럼
몰려들 겁니다.
히이익!

이런 꼬마들은
블랙마켓에서 엄청난
고가에 거래되거든요.
ㅊㅊㅊ

스윽

독점 정보가
확실할 테지?

너희 사보이들 수준으로
생각하면 안 되지.
알았어. 그럼
수수료는 10%.

화면을 보고 나면
20%가 적당하다고
판단할 거야.

반드시
거래 직전에
통보할 것!

20%? 흥!
자신만만하군.
연락하지.

스윽

TNTN 우유
TNTN 우유

chapter .03

이브

EVE

희

로

애

락

안녕하세요.
제 이름은 셀!
저는 이브(EVE)라는
지능과 감정을 가진
맞춤형 안드로이드
랍니다.

우주 택배 심부름 업체
실버퀵의 소유인데요.

저희는 대응성형체로
모두 같은 형태로
만들어지지만

어떤 주인을 모시느냐에
따라 모양이 변합답니다.
저의 짐작이지만

냉정하고 현실적인 분들을
모시는 아이들은 보다
날카롭게 각이 지고요,

따뜻하고 낭만적인 분을 만나면
저처럼 동글동글해지는 것 같아요.

그래! 죽어!
전부 다 뒈져버려!
역시
아닌가?

형태와 크기가 주인들의 어떤 속성을 나타내는지는
잘 모르겠지만 저희는 그분들의 개성만큼이나 다양하죠.
짜식들아! 내가
우주 최강이라고!
키는 주인의 허풍과
관계있는 걸까?

저희는 실내에서만 움직일 수
있도록 설계됐는데요. 심지어
태양빛에 노출되면

완전히 타버린답니다.
냐하냥!

뭐… 뭐야?
왠지 피가
땡겨야 할 듯한…

주요 임무는 주인을 도와
의뢰받은 일이 무사히 처리
되도록 하는 것인데요.

청소, 밥, 빨래를 비롯해
뭔…

업무 중 사망한 주인의
시신 치우기 등… 응?
야! 야!

주인의 기쁨을 위해서라면
무엇이든 하는 저희는
닥쳐!

토탈 엔터테이닝
매니지먼트…

야! 한 잔 더!
노예였어…

희
그런데 한 가지,

로
저희가 주인들과
의사소통을 하면서

애
항상 문제가 되는
부분이 있는데요.

락
바로 감정 표현!

저희를 설계하신 닥터 야와께서는
어찌된 이유에서인지
YHWH

우주 인류가 느끼는 모든 감정을 저희에게
프로그래밍 하시고는 슬픔의 표현 기능을 기쁨과 따로
분리해놓질 않으셨어요.
냐하냐하흐하흐하…
주인님들은 지금 저희가 웃는 건지 우는 건지 알지 못해요.

물론 저희끼리는 서로의 눈과 촉수를 통해
상대의 감정을 정확히 알 수 있답니다.

으아아! 택배물을 분실했어!
빌어먹을 계약 연장…

이것 보세요.
구별 못 한다니까요.
분 색

역시 오해였나?
그럴 리가요.

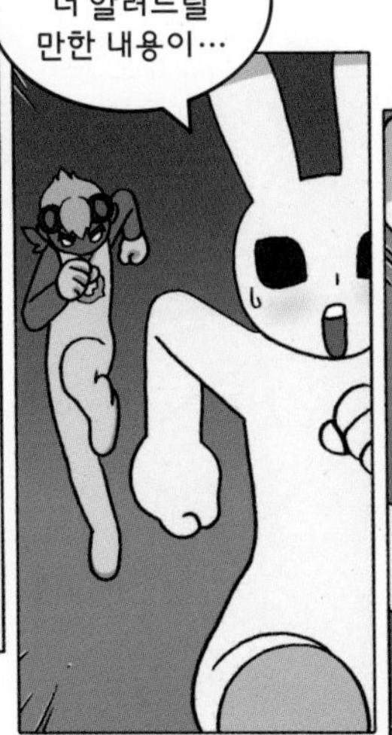
보자, 그리고
더 알려드릴
만한 내용이…

혹시 생각나는 게 있거든
또 말씀드릴게요. 냐하냐!

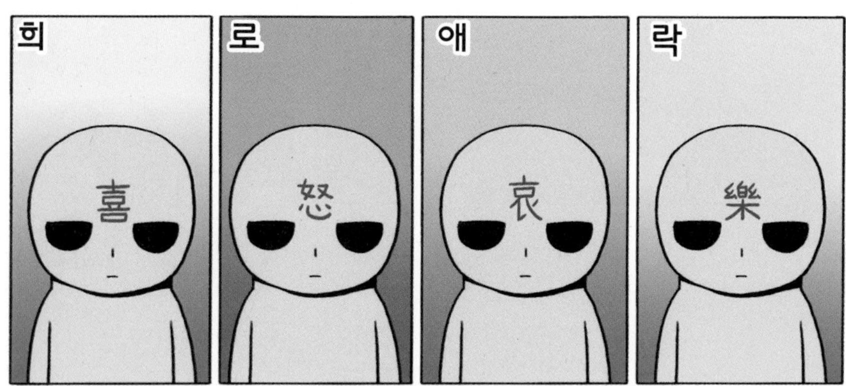

마침.

chapter .04

이브 라헬

끄윽

소화 안 돼.
그럴 수밖에…

이번 출항을 끝내고 악당 소굴로 복귀 중이거든.

우웅

와르르

콰아아앙

暴走

다음 출항 때, 먼저 도착한 사람의
할당량 두 개 가져가기…

… 같은 빌어먹을
내기라니!
콱
야! 야!

와아아아…

마지막 항해!
무사귀환을 축하해!
이봐, 반장!
살살해!

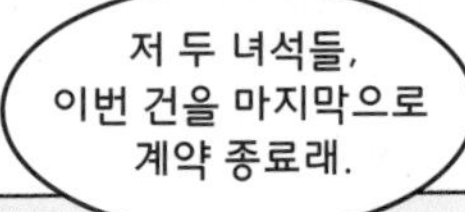
저 두 녀석들,
이번 건을 마지막으로
계약 종료래.

아, 배 아파!

특히 저 마빅이란 친구,
우리처럼 납치된 게 아니라
돈 때문에 여기 있었다는데
이달의 모범 기사상을 지난 1년간
단 한 번도 놓치지 않았지.

후아아…
열두 달 포상금이면
돈이 얼마야? 정말 한몫
단단히 잡았구만.
저게 다 저 녀석의
이브, 라헬 덕분이지.
하여간 운 좋은 놈은
뭘 해도…

라헬!

야, 셀 정도만
돼도 고맙지.
본, 그 자식…

너 같으면 그런 뚱땡이 곰이랑
일할 맛 나겠냐?
아, 밥 튀어!
이브 모양새는
주인 때문이라며!

안녕, 우리
귀염둥이 친구들!
공지 사항이 있어
알려드려요.

오늘자로 계약 종료
예정이던 우리 친구, 마빅 군!
어머, 이를 어째…

택배물 파손으로
고객님으로부터
손해배상 청구서가
날아왔어요.
파손 물품이 중요 문화재인
관계로 앞으로 2년 계약 연장과
지급 예정이던 포상금을
전액 몰수합니다.

다시 알려드려요.
우리의 다정한 친구…

오, 이런! 실버퀵
최고 MVP 드림팀에
무슨 일이…

그러길래
내가 뭐랬어.
이브 같은 건
엄격하게 다루어야
한다니까…

먼저 갈게.

야, 이 소스
꽤 고소한데?
그러게.

웃기지 마! 계약 연장?
누구 맘대로!

무고한 사람들
납치해놓고는…
책임자 당장 나와!
실버퀵! 네놈들은
상대를 잘못 골랐어!

우린…
우린 퀑이다!

이봐, 수습들!
됐으니까 진정하고
당장 자리에 앉아!

흥! 내 말을
못 믿나 본데…
보여주지!
내가 응시하면…
야! 야!
화
악
봤나?
내 뒤의 친구들은
더 무시무시하지.
쓰
윽
제기랄!
츠
츠
츠
요 녀석들! 계약서에
명시돼 있을 텐데!
본부 안에서
기술 쓰면…
볼기짝!
찰싹
찰싹
이…
이것들이!
파
앙
슈우욱

터
엉
그래,
뭐… 뭐야?
그냥 관통해
버렸어.

우린 콩이다.

근데…
스
윽

무서워!

이게 뭐야?

으응, 내 일기장
셀이 맡아
줬으면 해서…

라헬…
너 왜…?

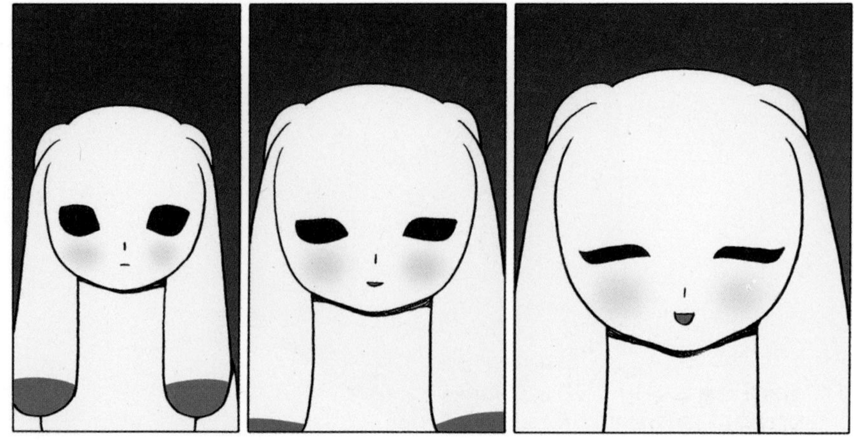

대… 대체
뭐였죠? 그건?

가래떡!
네?
그냥 우린
그렇게 불러.

이곳 기지 안
어디서나
우글거리지.
죽은 녀석들은
너희 기수를 위한
시범 케이스야.

누구나
여기 실버퀵에 들어오면
일단 3개월간의 수습 기간을
거쳐. 지금 너희처럼.
다들 밖에서 한 가닥씩
하던 친구들이니
가만히 넘어갈 리 없지.

하마터면 우리도
주사위가 될 뻔했어.
다행히 아까
그 녀석들처럼 먼저
나서준 친구들이
있었지.

덕분에 아직 우린
살아 있는 거고…
우리라고 너희처럼
생각 안 해봤겠어?

요즘도 잠을 자다
내 상황에 열이 뻗쳐
벌떡 깬다니까.
하지만 어쩔 수 없어.
섣불리 대들다간 맥없이
당할 뿐이야.

그… 그럼
우린 이제 어떻게
되나요?

어떻게 되긴 뭘…
턱

까불다가 주사위가
되거나…
쓱쓱

이곳에서 모든 대화가
도청되고 있어.
쓱
쓱

아…

탈출 방법을 찾고 있는
멤버들이 있지.
쓱
쓱

아니면 폐기 가능
조항이 있으니 자기 이브한테
분풀이하면서 계약 기간을
채우든가…

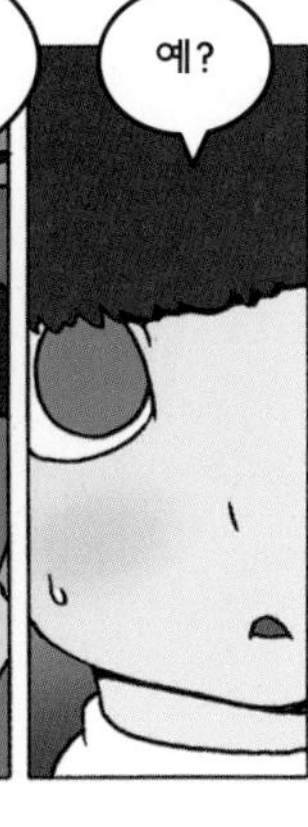
예?

퍽
퍽

앞으로 여섯 시간!
이제 끝인 거야!
퍽
퍽
퍽

기뻐해야지!
그동안의 네 고통도
이제 끝이야!
퍽
퍽

이곳에…
내 발로 들어온 건
많은 돈이 필요해서야.

여동생이 우주 역병
뎀(THEM)에 걸렸거든.
모두들 포기하라고 했지만
난 그럴 수 없었어.

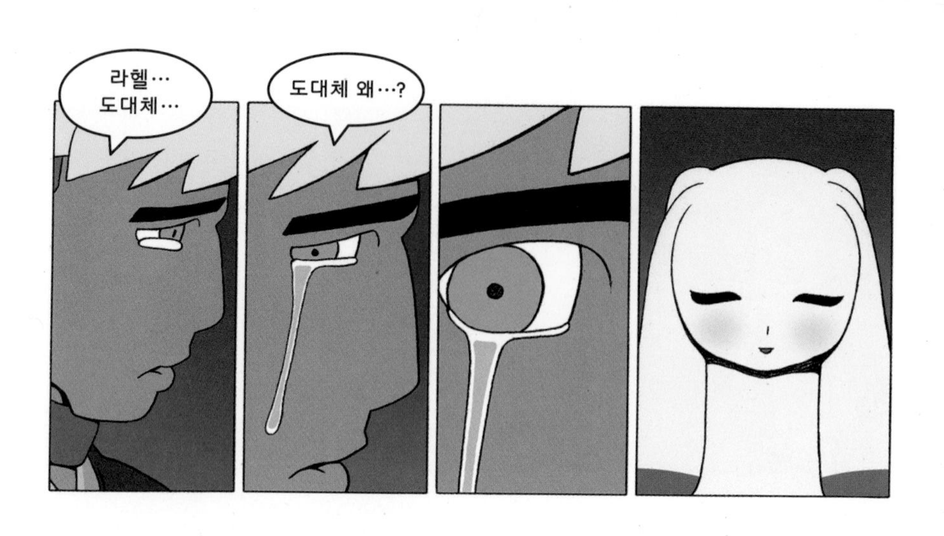
라헬…
도대체…
도대체 왜…?

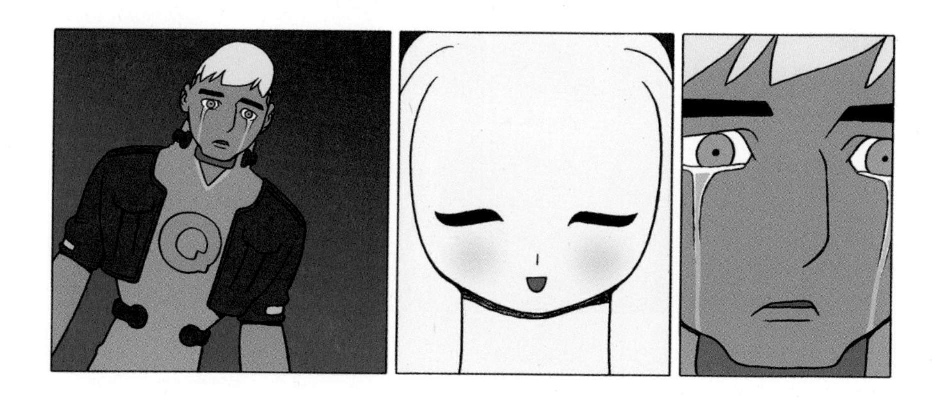

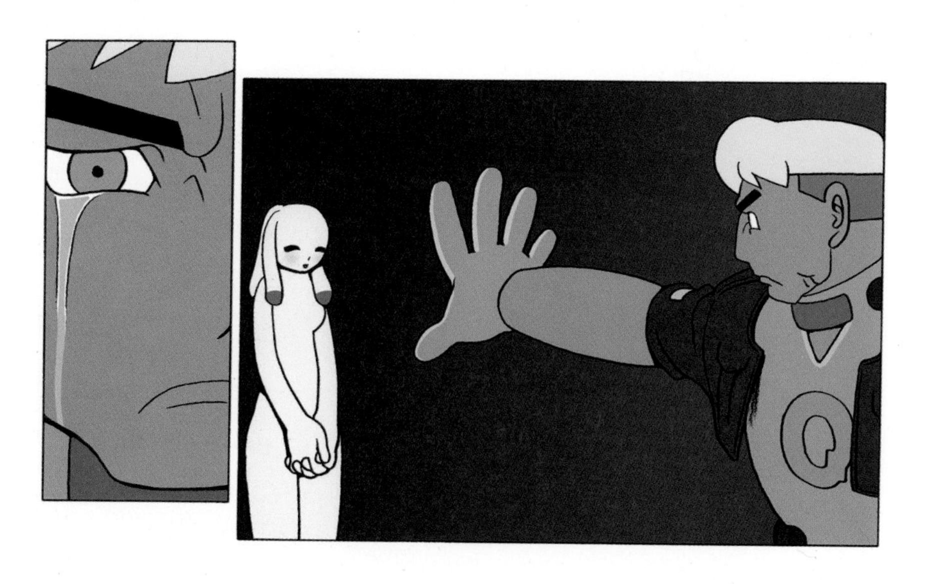

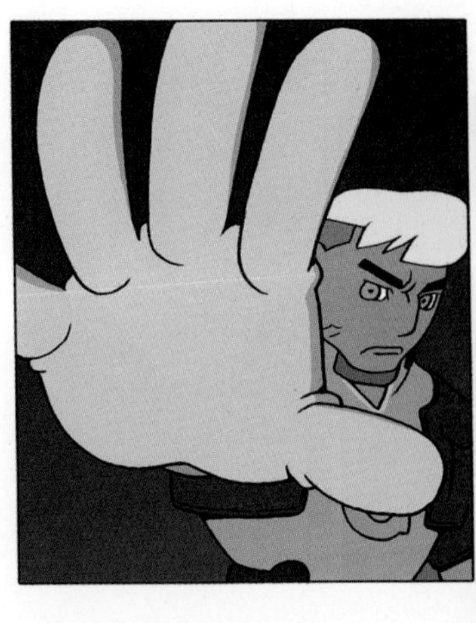

콰
악

하아
하아

하아
하아

… 라헬!

퍽
퍽

퍽
퍽

아하하…
퍽

라헬…
대체 왜…?

그래, 개고생 해라.
불쌍한 자식들아!

살아남았어! 난
살아남았다고! 실버쿽,
이 개자식들아!
네놈들 우주선에
오줌이라도 갈겨주지!
츠
츠
츠
내가 이
순간을…
주인님들은…
!
계약 기간이
끝나면
스윽
죽게 된다는
사실을 몰라.

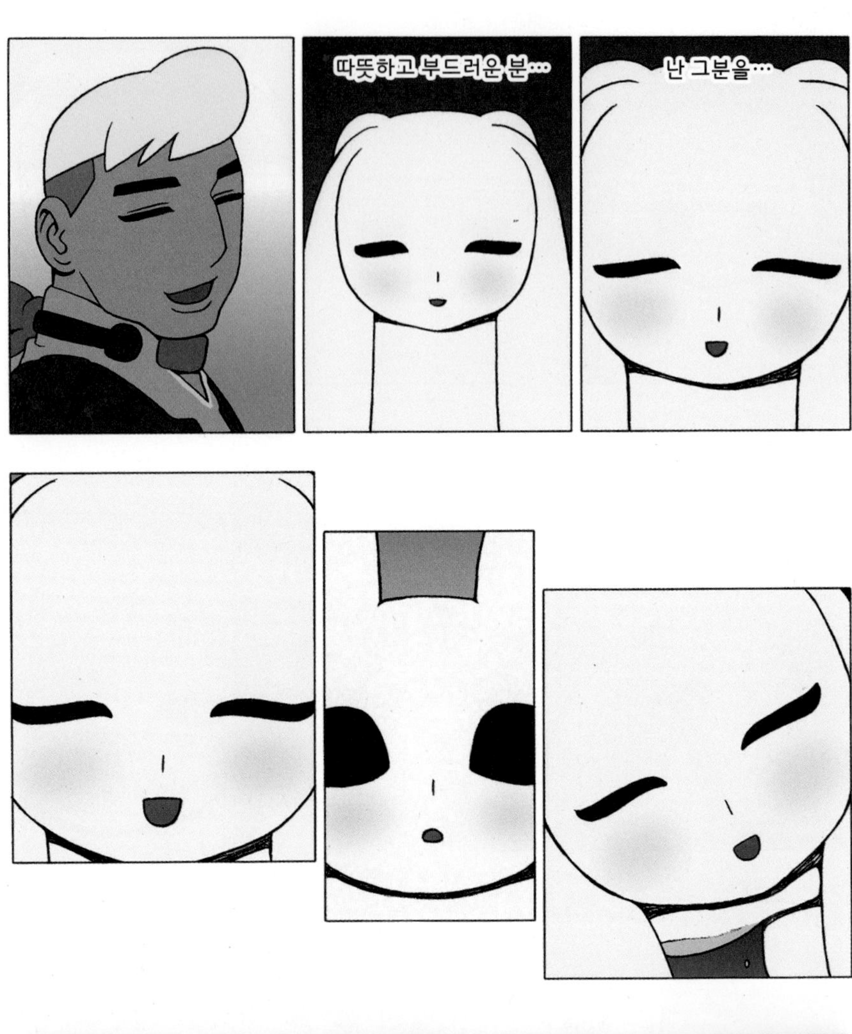
따뜻하고 부드러운 분…
난 그분을…

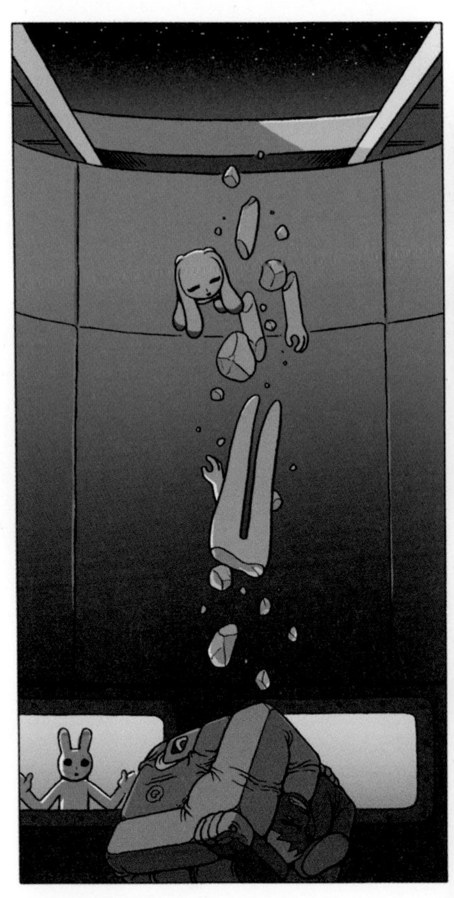

화르르

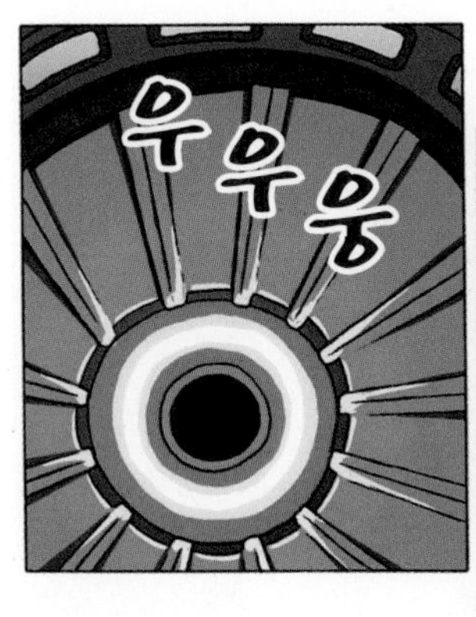
우우웅

콰아아아

마침.

chapter .05

블랙아웃

대디!
이봐, 대디!
자네 들어왔나?

자네한테
편지 왔…

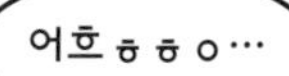
어흐ㅎㅎㅇ…

팟
야! 얼음 가져오란
말 안 들려?

쟤가 왜 저래?
피곤하면 멍 때리지 말고
네 방 가서 자!
냐항…

몇 시에 모인대?
12시!
뭐 새로운 아이템…
… 제기랄!
우리 귀염둥이 먼저 왔구나!
빡
아, 이 노인네가… 내가 동네북이야? 허구한 날…
헤헤헤…
하여튼 취향하고는… 뭔데, 이게?
나두! 나두!
앉아!
야, 누군 좋겠네. 자기 손자랑 닮았다는 이유만으로 선물도 받고…
퍽이나!

헤헤헤… 여기
있을 줄 알았지.
근데 이따
팀플레이
있지 않아?
12시니까 아직
시간은 충분해.
어서 와. 이번엔
귀항이 좀 늦었군.
야, 임마!
내 돈!
무슨 돈,
이 자식아!
어쭈!
이게…
아, 시끄러워!
빨리 자리 잡아!
나도 한 잔!
아, 뭐야?
이거…
보자…

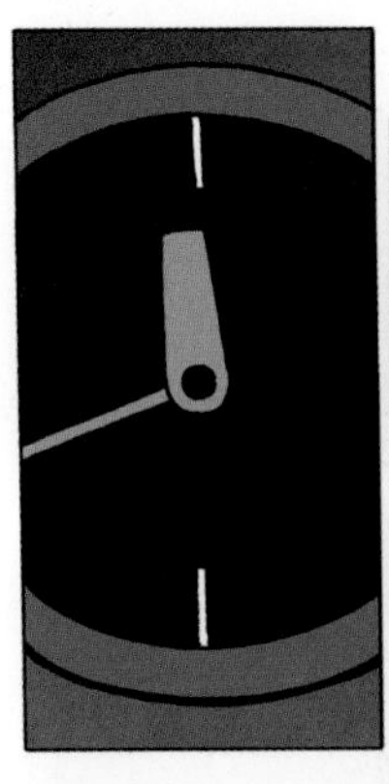

이제 20분 후면 애플의
회합이다.

애플이란 이곳에서 탈출 방법을
찾고 있는 쿵들의 비밀 조직.
!

응?
뭐야?

대디가…
크라잉 대디가
죽었어.

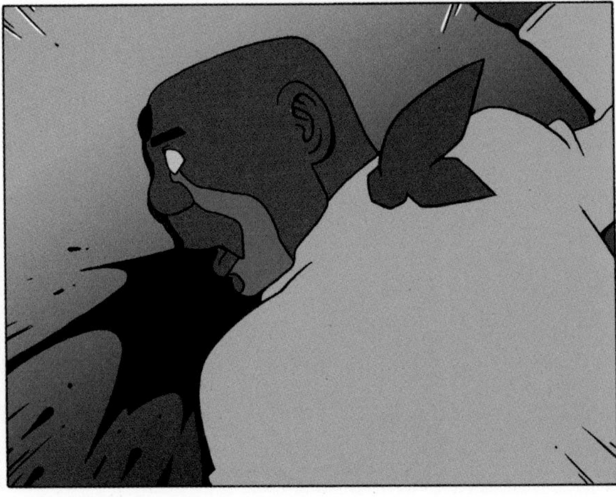

맙소사!
이봐! 대디! 대디!
놈들 짓일까?
그것들이 이렇게 얌전하게 끝내겠어?

도대체…
도대체 누가?

크라잉 대디,
매번 뒤통수를 후려갈기며 유난히 나를 살갑게 대했던 건…

지금의 내 껍질이 고향에 두고 온 손자와 많이 닮았기 때문이었다.

그의 손자에 대한 그리움은…

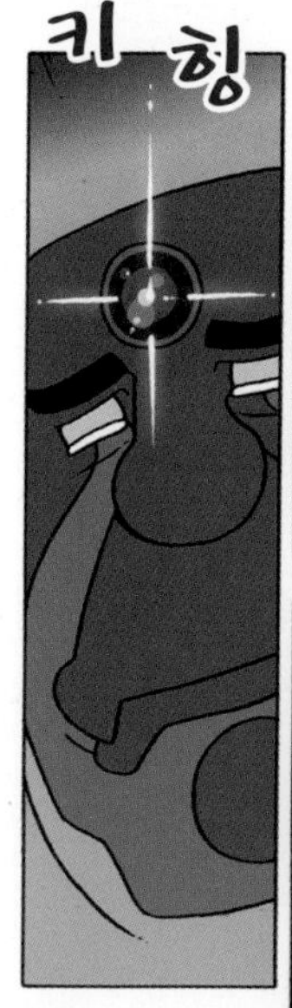
키 힝

!
종종 이곳에 일시적인 정전 사태를 일으키곤 했는데…

그는 분노나 슬픈 감정이 폭발하면 몸에서 엄청난 전자기 펄스가 터져 나오는 에브라임 종족의 퀑이었다.
파바밧
표현 방식이 거칠 뿐,

지금 화장실 찬 바닥에 엎드린
그는 모두에게 누구보다도
가슴 따뜻한 동료였다.

왜 꼭 착한 사람들이
먼저 저런 꼴을
당한다니?
걱정 마. 넌
오래 살 거야.

왜 이러나,
불로장생!
불사신은 그 입
다무셔.

고인을 추모하며
묵념!

알려진 것처럼
부검 결과,
사인은 독극물.
귀항 후 우리 친구의 동선으로
판단컨대 유력한 용의자는…

대디 군의 절친인 바로 이 세 사람,
범인은 분명히 이 중의 누구인 것
같은데 말야…
이상한 건
아무리 뒤져봐도
독극물의 흔적이
전혀 없다는 것!

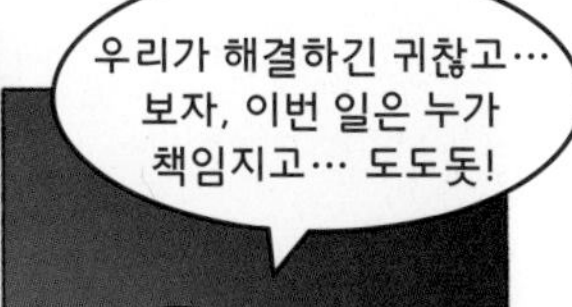
우리가 해결하긴 귀찮고…
보자, 이번 일은 누가
책임지고… 도도돗!

빌어먹을! 또 시작이다!

늘 이런 식이다. 살인
사건이 나면 범인
잡기를 우리 중
누군가에게 맡긴다.

그리고 정해준
기간 내에 범인을
밝혀내지 못하면…

종신 계약!

그러니 누명을 씌워서라도
반드시 범인을 지목해야 한다.
물론 범인으로 지목되면
그 자리에서 공개 처형…

오케이!
우리 덴마 군!

왜? 왜 나야?
2천5백 명 중에 왜 하필
나냐고! 나한테 왜 이래?
날 보고 뭘?
난 이번 일과
아무런 관계도
없어!

관계가 없다니!
우린 모두 긴밀하게
연결돼 있는걸!
그래, 여러분을 위해
지금 우리 친구
덴마 군이 무거운 짐을
지게 됐어!

그러니
동료를 위한다면
범인은 어서
자수하라고!
자, 덴마 군!
파이팅!

크으윽…!

쓱 쓱

!

그러고 보니
죽은 대디,

용의자로 지목된

그의 절친들!

그들은 모두…

나와 같은…

퀑의 비밀 조직 애플의 멤버!

서… 설마…

쓱
쓱
쓱

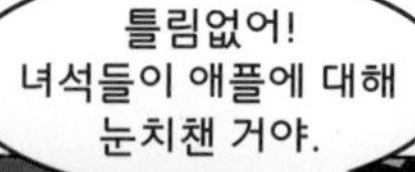
틀림없어!
녀석들이 애플에 대해
눈치챈 거야.

설마… 그렇다면
우릴 가만뒀겠어?

바보냐? 놈들의
의도가 빤히 보이잖아.
몇몇을 이용해
애플 멤버 전체를
제거하려는 거라고!

아니야! 그렇게 섣불리
단정 짓고 움직이다간
정말 모두가
위험해질 수…

제기랄! 이게 다
네놈 때문이야!

뭐?

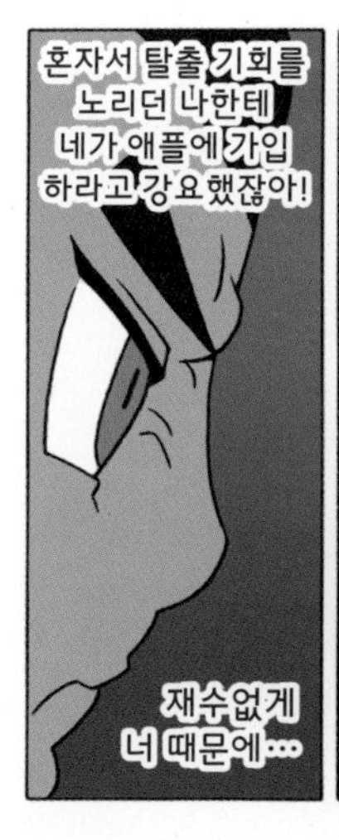
혼자서 탈출 기회를
노리던 나한테
네가 애플에 가입
하라고 강요했잖아!
재수없게
너 때문에…

이게
미쳤나…

근데 이 자식이!
지가 아직도 다이크인 줄
알아. 한주먹도
안 되는 게…
어쭈!
이거 안 놔?
죽을래?

흐흐흐…
아직 여유가
있구만.

한 신부님이 방문을
시작한 이후, 그의 태도는
완전히 달라졌지.

계속된 메모는 어느새 그에게 확신을 주게 된 거지.
작전은 성공! 주사약은 수면제 ㅋㅋㅋ

아무 탈 없이 사형 집행을 마친 거야.
전 그에게 희망을 주었지요.

빚청산, 포상금, 노후보장… 계약 만료와 동시에 한몫 쥐고 자유의 몸이 될 거라는 희망,
난동을 막으려는 미끼야. 실컷 이용하다 계약 종료와 함께 이브처럼 폐기할 뿐이라고!

이봐, 네 말이 사실이라면 넌 지금 가래떡한테 한참 접히고 있어야 돼.
기억 안 나? 며칠 전에도 한 녀석 무사히 배웅했잖아.

과연 그 녀석이 아직도 살아 있을까?
하긴…
모두들 여기 실버쿽의 통제 시스템이 완벽한 줄 알고 있지?

천만에! 오히려 허점투성이야. 그걸 감추려고 만든 게 아담(ADAM)이라는 가래떡들!
이곳이 얼마나 허술한지를 보여주는 예가 바로 이번 크라잉 대디의 죽음이지.

그의 감정이 정말 격해지면 여기 시스템 전체가 다운되거든.
줄곧 기회를 노리다 결국 이번에 내부 첩자를 이용해 정리했을 거란 말이지.

아무렴…

허점투성이라 아담들로도 컨트롤이 안 되니까 우리를 이용하는 거야.
놈들이 시키는 대로 동료를 팔거나 없애면 이곳에서 빠져나갈 수 있다고 믿는 멍청이 말이야.

본부 어디서든 기술을 쓰면
아담에게 볼기를 맞는다?
어이없는 거짓말이야.
화
악

놈들은 우리의
일거수일투족을
컨트롤 할 수 없어.
단지 우리가 겁에 질려
있는 것뿐이라고!

우선 용의자들부터
만나야겠어.

!
아…

덴마 군,
마음이 무겁겠군.
이거 미안허이…
쓱쓱

오늘 자정, 게임에서
만나지.
범인을 알려주겠네.

쿠
에
엑

게임 공간에서 암호화된
게임 용어로만 대화하기,

이것이 놈들의 감시를 피하는
애플의 회합 방식이다.

애플은 현재 모두 30명으로 전체
쿼 기사의 약 100분의 1,

탈출이 목적인 우리는
각자가 얻게 된 정보들을
공유해

이곳 실버퀵 제7지구의
내부 지도를 만들고 있다.

일반적으로 이곳의 쿼들은…
탈출? 그런건 왜?
이만한 돈벌이가 그렇게
많은 줄 알아?
그냥 속 편하게 한몫
잡으러 왔다고 생각해.

… 라고 말들 하지만
실상은 납치돼 부당하고 엄격한 통제를 받는 상황에
모두들 분노가 극에 달해 있다.
퍽
뭔데? 니들이
대체 뭔데?
퍽
매달 분풀이로 폐기되는
이브의 수가 그걸 입증한다.

특히 내부 규례 위반 시 적용되는
제멋대로인 처벌들을 목격하거나 경험하면
한 번쯤 탈출을 생각하지 않을 수 없다.
젠장! 완전히
노리개야.

하지만 대부분 자신들의 무력함에 이내
자포자기 심정이 돼버린다. 애플 멤버가
고작 30명인 이유도 여기에 있다.
스윽

그나마 위안이 되는 건 매달
한몫 쥐고 떠나는 계약 만기
동료들…
쳇! 내게도
저런 날이 올까?

분통 터지지만 이브나
작살내면서 몸 사리고
기다리자고.
그나마 그건
책임질 일 없는
속 편한 놈들 이야기.

1년…
그러니까 아무리 늦어도
앞으로 6개월 이내에
난 이곳을 탈출해야 한다.

가이린…
더 늦기 전에 하루빨리
그녀에게 되돌아가야 해.

퍽

하아
하아
엘(ELL)의 부하들과 치르던
전쟁의 막바지…

자, 이로써 사천왕 중
남은 건 하나!
엘에게
가서 전해!

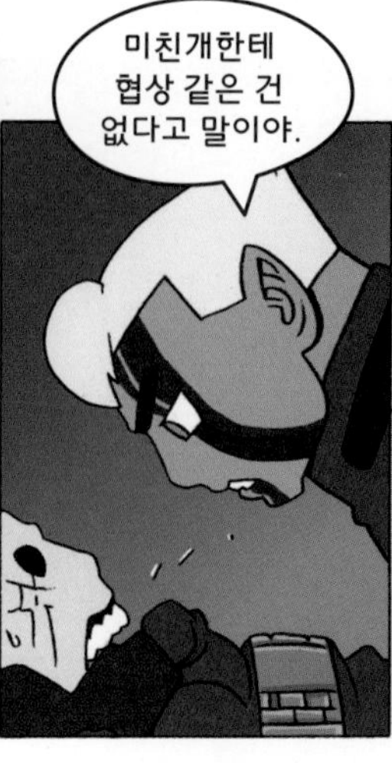
미친개한테
협상 같은 건
없다고 말이야.

야, 다이크!
네가 말했던 것보다
일이 거칠어!

그래서?

그래서는 이 친구야,
6 대 4로는 안 돼!
8 대 2로
간다!

7 대 3!
우선 한잔 걸치자!
몸이 부서질 것
같아.

먼저
가 있어!
우린
아론 영감한테
들렀다 갈게!

그날…
전투의 피로감에
술만 걸치지 않았어도…

지금까지 애플을 통해 알게 된
실버쿼의 큰 윤곽은 이렇다.
PAX INDUST
이들은 우리의 예상대로 팍스라는
한 군수업체를 모기업으로 하고 있다.

쿼의 능력을 무기로 개발하려는
군수업체의 만행은 쿼의 납치, 실종과
관련된 가장 일반적인 사례다.

실제로 반중력파를 쓰던 쿼을
이용해 반중력탄을 개발한
스텐 중공업은
그 일을 계기로 8우주의
제1군수업체로 급부상했다.

이런 실정이다 보니 우주 인권
협약 같은 건 안중에도 없이
쿼 사냥에 엄청난 비용을
쓰기 시작한 것이다.

이렇듯 목적이 빤한데도
왜 이들은 굳이 택배 회사의
형태를 빌리고 있는 걸까?

게다가 더 이상한 건 이 팍스
중공업이 한 사이비 종교
단체의 소유라는 것인데…
이들의 규모가 상상을 초월한다.

실버쿼만 하더라도 우주 물류가 그렇듯,
우리가 머무는 이곳 제7지구 외에
대형, 초대형 물류를 맡고 있는 타지구는
그 크기가 실로 놀랍다.
제7지구

이곳 제7지구의 구성은 우리 같은 퀑 기사가
약 2천5백 명, 따로 일하는 남녀 일반인 기사와
관리직이 약 3천5백 명, 도합 6천 명 정도라지만
아, 글쎄! 한번
만나준다니까!

이 인원 전체의 주거 공간과 택배 업무와
관련된 모든 공간을 아무리 많이
잡는다고 해도 전체 지구의 약 60% 이상이
남게 된다.
퀑 기사
구역
일반인 기사
구역

쓰레기 배출량을 감안하면
우리 이외에도 상당수
인원들이 함께 거주한다는 걸
알 수 있다.
그들은 누구일까?

누군가의 추측대로 팍스
중공업에서 파견한 무기 개발
연구진일지도 모른다.

끊임없이 섞여 들려오는
이질적인 미세음…

다이크!
내 본체…

역시 이곳 내부에 갇혀
놈들의 마루타가 되어
있는 걸까?
도대체 이것들이
내 몸에 무슨
짓거리를…

빠드득

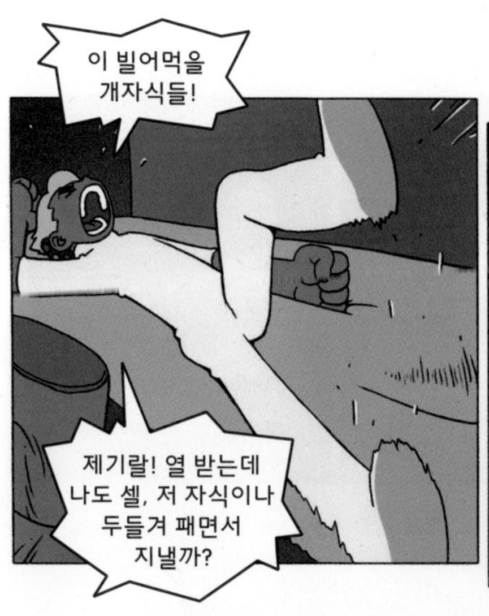
이 빌어먹을
개자식들!
제기랄! 열 받는데
나도 셀, 저 자식이나
두들겨 패면서
지낼까?

띠
릭
12:00
ACCESS
!

야, 다이크!
용의자로 지목된
세 사람 모두
접속해 있어.

크라잉 대디…

그의 죽음은…

… 우리 짓이라네.

뭔…

자네들 아담의 밤이라는
상황에 대해 알고 있나?

아담의 밤…? 아, 놈들…

실버퀵 1급 비상
방어조치령!

가장 최근에 있었던 아담의 밤은
5년 전으로 거슬러 올라간다네.
수습 기사 중에
마태라는 친구가 있었지.

대디와 같은 에브라임 종족의 쿵으로…
마! 수습들은
구석 자리야!
그렇게 쳐서
제가 죽겠어요?
온화하고 이해심이 많아 인상 쓰는 일조차 없었어.

그런데 수습 기간이
끝날 무렵…
마태 군,
편지!

부고를 받게 돼.

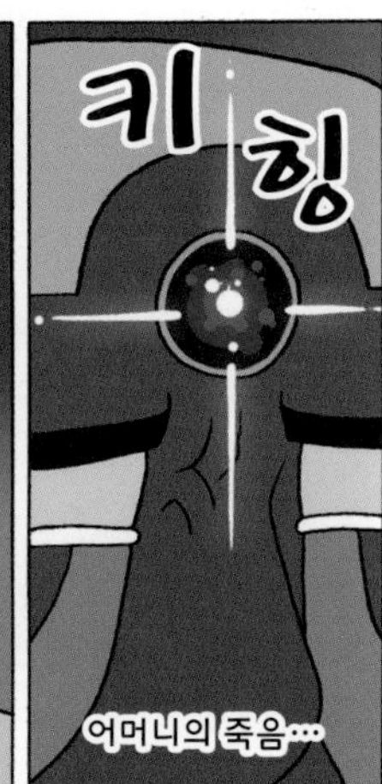
키
힝
어머니의 죽음…

어머니를 잃은 슬픔과 갇혀 있다는 분노가
동시에 폭발한 거야.

대디처럼 그 친구도 하이퍼 퀑급의
능력치를 가진 터라

모든 시스템이 멈추었지. 일시적인
부분 정전에서는 볼 수 없었던
칠흑 같은 어둠.

기분 나쁜 미세음조차 꺼지자 모두들
일반적인 정전 사태가 아님을
직감적으로 알게 됐어.

그리고 누군가 룰을 깼지.
화
앗
야, 가래떡…
젠장! 당장
아무것도 안 보이는데
그럼 어쩌라고!

그러고는…
어?

자신들을 통제하던 장치들이
모두 꺼져버렸다고 판단한 거야.
우와아아아…

한번 터져 나온, 억눌렸던 분노는 이내 광기로 변해
걷잡을 수가 없었다네. 그야말로 아비규환!

그런데 이곳의 핵심 발전을
맡고 있는 주엔진은 전자기 펄스에
영향을 받는 장치가 아니었어.
30분 뒤, 꺼졌던 주변 엔진과
시스템 전체가 완전히 복구된 거야.

그리고 2천여 명 쿵의 반란에 내려진
1급 비상 방어조치령, 아담의 밤…

대학살이 시작됐지.

2천 명 중, 대디와 우리 셋을 비롯해
불과 10여 명만 살아남았다는 게
어떤 의미인지 알겠나?

물론 이 내용은 실버퀵
극비 기밀 사항이라네.
다른 누군가에게
입을 벌렸다간 그 자리에서
주사위가 될 것이야.

지난 5년간 이곳의 엔진과
전력 시스템은 그 어느 것도
바뀐 게 없지.

대디의 편지 역시 부고였네.
그걸 당장 치운다고 해도

회합이 시작되면 메일
체크 메시지를 통해 곧
손자의 죽음을 알게 될 터…

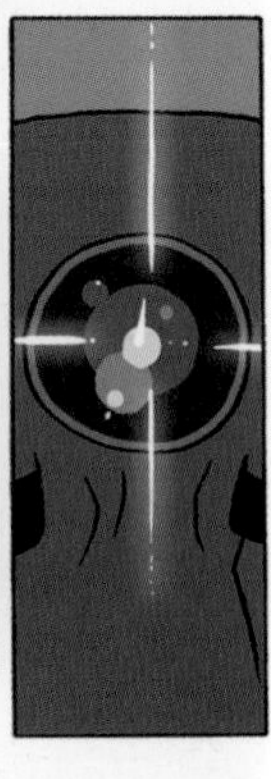

일단 일이 터지면 우리가 2천5백 명을
진정시킬 만한 방법은 없다네.

불과 서너 시간을 앞두고 흔적 없이
대학살을 막는 방법을 찾아야 했어.

각기
나뉘어 있을 때는
무해한 술이지만

일단 서로 섞이게
되면 치명적인
독극물로 변해.

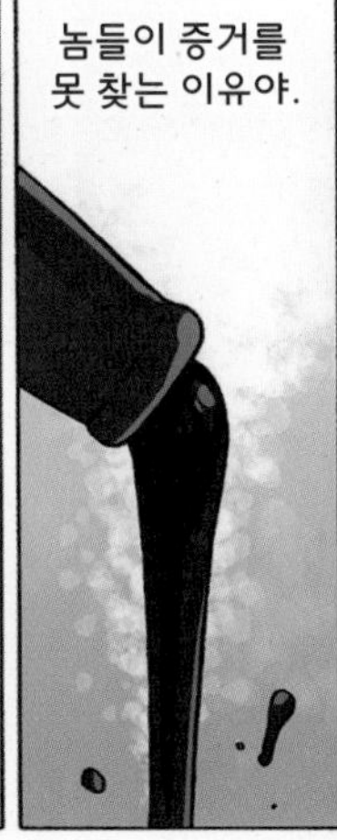
놈들이 증거를
못 찾는 이유야.

그런데…
헤헤헤…

이 녀석들… 어쩐지
내가 오늘 유난히 많이
딴다 했어.

내 손주 녀석
일인가?

녀석은 우리의 의중을
알아차렸지.

아무렴! 네놈
성질머리를 못 믿어서
그래!

헤헤헤…

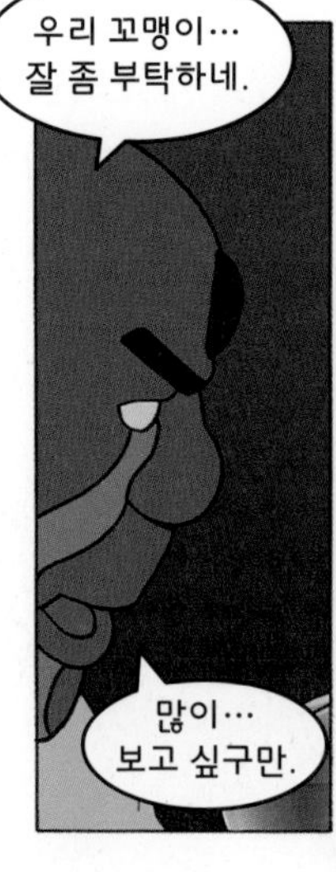
우리 꼬맹이…
잘 좀 부탁하네.
많이…
보고 싶구만.

!

니미럴!
이거 당장 화장실로
달려가야겠는걸!

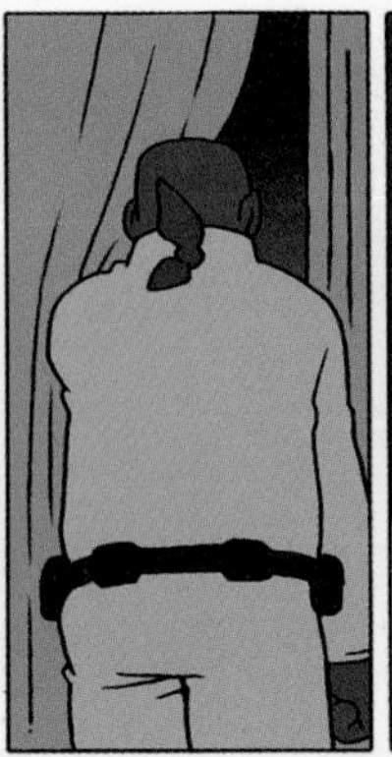

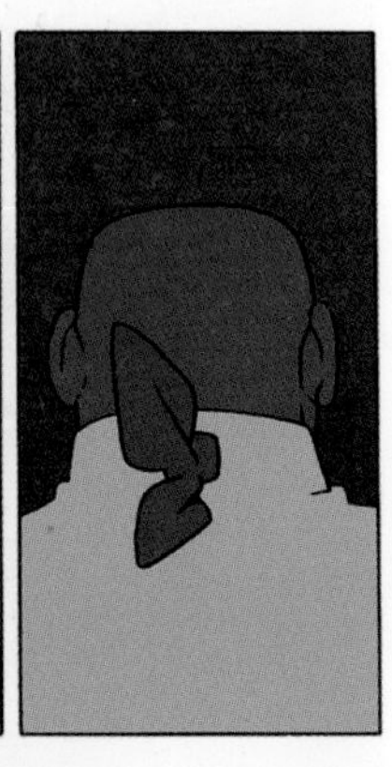

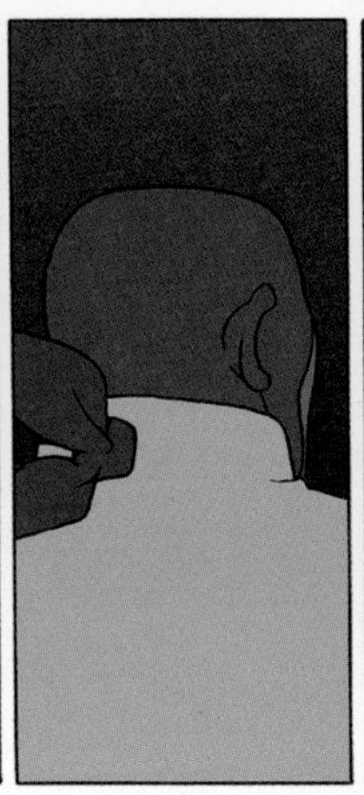

헤헤헤…
즐거웠네,
친구들!

녀석은 우리에게 되묻지 않고
그냥 그대로 받아들였다네.

자수할 생각은 없어.
놈들 앞에서 무릎 꿇는 건
상상할 수도 없거든.

어차피 우리 셋을 지목한 이상,
별반 달라질 건 없지.
5년 전 그날 이미 죽은 몸.

대디는 우릴
원망하지 않았어. 그러니…
자네들도 우릴 믿고
놈들에게 알리게나.

후우
무거운 짐 지게 해서
정말 미안하네.

벌써…

그 친구가…

… 그립구먼.

어쩔 거야?

어쩌긴 뭘?
사실대로
얘기해야지.
어차피
달라질 것도
없잖아.

웅성
웅성

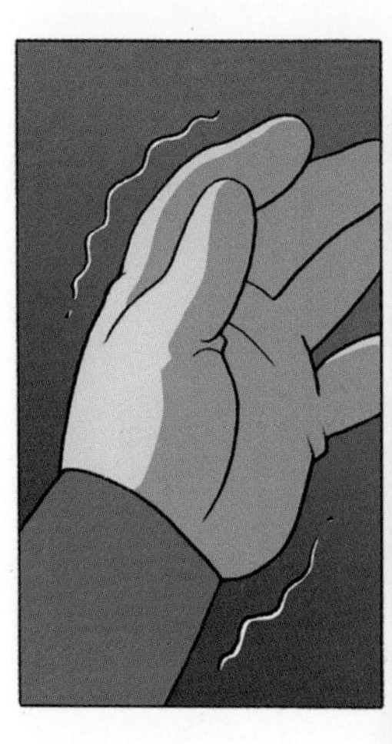

아이의 몸으로 옮겨 오면서
몇 가지 변화가 생겼다.

먼저, 본체가 쓰던 치환 능력 중
고급 기술들은 이 몸에서는
발현되지 않는다.
뭐… 뭐야?
동시 치환도
안 돼?

그리고 사소한 일에도
온몸이 반응한다.
제기랄!
떨고 있네.

자, 덴마 군!
앞으로!

그래, 저들 중
범인이 누구지?

응?

근데…
다…
다… 단순
사고사야!
오늘은 좀 심하다.

!

네? 우리 친구,
뭐라고요?

서… 섞어 마시면
안 되는 걸 마셨어!
그… 그뿐이야!
덴마친구!
위증하면 살인자와
같이 처형되는 건
알고 있을 테죠?
스으윽
히이익!

사…
사… 사고사라니까!
왜…
아, 이런 빌어먹을!

왜… 왜 내 말 안 믿어?
나보고 어쩌라고! 그냥
사고사란 말이야!

……

이건… 내 의식이 따라가지 못하는
몸의 반응이다.
그저 겁에 질린 열두 살 꼬마…

풋!

푸하하하하…

닥쳐, 이것들아! 닥쳐!

네?

아, 글쎄! 다음 출항 때까지
방에만 있을 거라니까!
냐항!
귀여워!

그러니까…
매 끼니마다 네가
밥 들고 와!
첨벙

제기랄! 이 꼬맹이
때문에 낯 뜨거워 얼굴을
들고 다닐 수가 없어.

마침.

A.E.

실버퀵의 자동 항법
체제와 이브의 도움과는
별개로…

죄송합니다.
화장실에 좀…

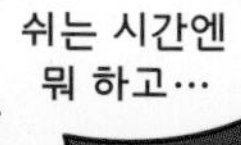
쉬는 시간엔
뭐 하고…

우주 항해법
조례들을 반드시
숙지하고…

저도…

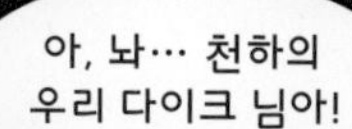
아, 놔… 천하의
우리 다이크 님아!

이잇!
휙
고마워. 덕분에
별 꼴사나운 구경을
다 했네.

*레드: 1급 취급주의 택배물

잠깐…
개당 연장 계약 2년,
모두 분실하면 우리 제트가
여기서 4년은 더
썩을 수…
형님!
다이크 형님!

텅

얌전히 굴어!
충분히 귀여워해줄게.
아셀 군!
크으흑!

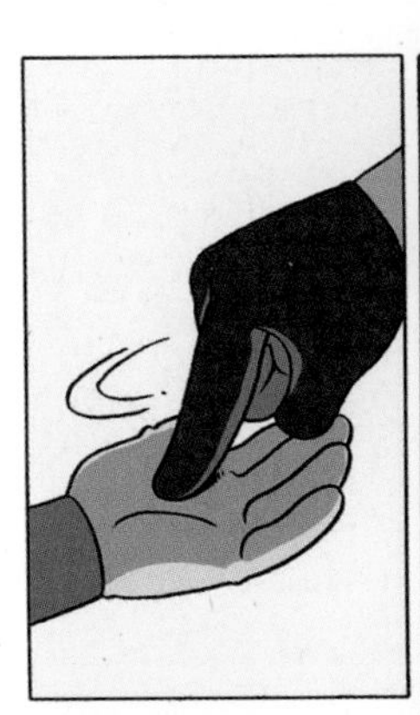

근데 이번 대디 아저씨 일로
드는 생각이…
어쩐지 탈출 방법의 결정적인
실마리를 찾은 것 같지 않아?

동감이야. 근데… 이곳에
대디 같은 능력치의 에브라임 쿵이
또 있을까?

음, 역시 그게…

!

크윽!

키이잉
하아
하아

제기랄!
앞이…

탕
탕
탕

크으으…윽!

하아
하아

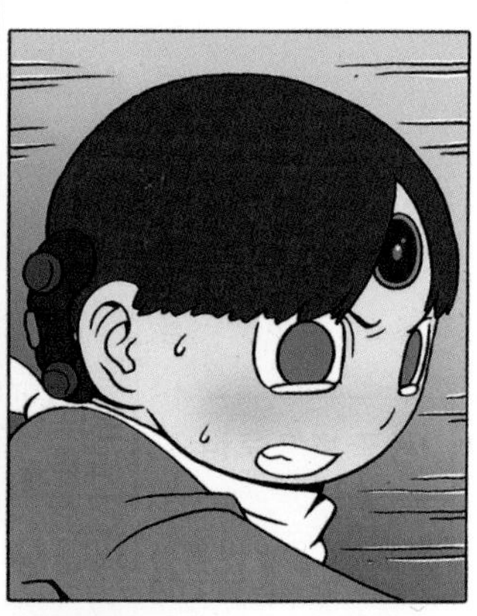

팟

!

팟

단순 정전?
설마… 대디 같은 친구가
또 있는 건 아닐 테지?

스윽

안녕,
올드 보이!

우리의 예상대로
움직여줘서 고맙다는
인사부터 전할게.

……
예상대로라니?

할아버지와 같은
쿵이 아니라는 점이
아쉽지만
죽은 대디 군의 손자는
건강하게 잘 지내고 있대.

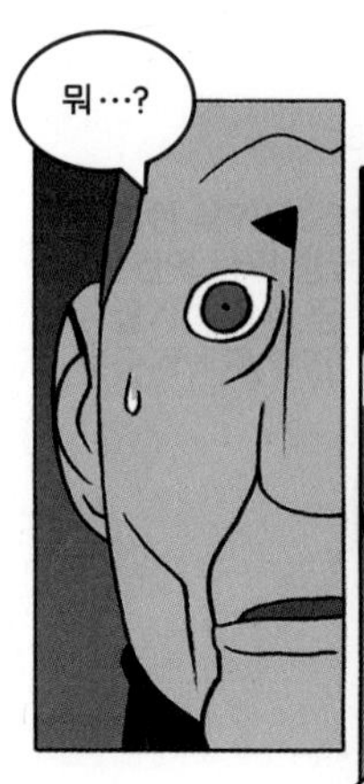

몇 해 전에 대디 군의 능력이 개발 가치가 있다는 시뮬레이션 결과가 나왔어.

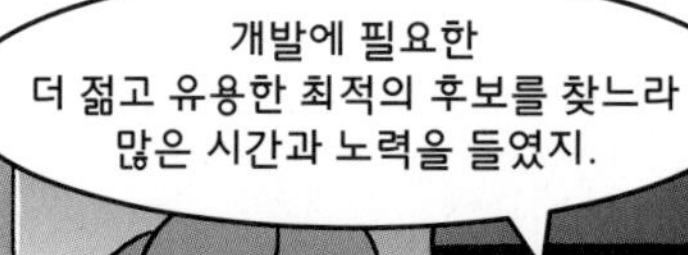

이번에 아셀이라는 소년의 모습으로 새로 들어왔어. 뇌전단 스캐닝 덕분에 제7지구 전체가 다운되는 반응은 이제 우리가 컨트롤할 수 있게 돼.

어서! 마지막 인사들 나눠!

헤헤헤… 즐거웠네, 친구들이라고 말이야.

네이밍이 너무
앙증맞은 거 아냐?
자, 그럼
이제 안녕,
친구들!

젠장, 꼬마 놈한테…

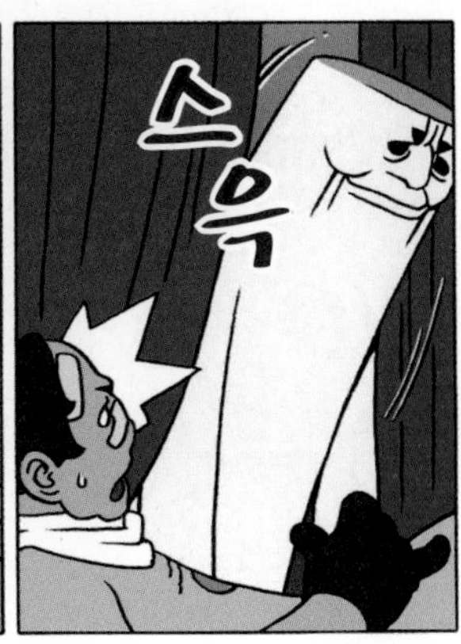
스윽

왜…
왜?

주드 군, 이곳에서까지
용서받지 못할 욕구를
채우려고 하다니…
완전 쓰레기!
하지만 우린
자기를 처벌할 생각은
없어.

주드 군의 악성 취향 덕분에
아셀 군에게서 귀한 데이터를
얻을 수 있을 것 같아.

주드 군은 역시
유용해. 거절할 수
없는 조건을 걸게.

오늘처럼 정기적으로
아셀 군을 괴롭혀줬으면
좋겠어.

이마에서 섬광이
터져 나올 만큼 말이야.

그럼
우리와의 계약 기간을
2년으로 줄여줄게.
물론 5년간의 보수는
모두 지불하고…

단, 지금 이 이야기들은
추가 기밀 계약이야. 입 뻥긋하면
넌 갈가리 분해된다.
용서는 없어.
말 잘 듣는 동안 처벌이
없을 뿐이지.

chapter .06

밴드 오브 브라더스

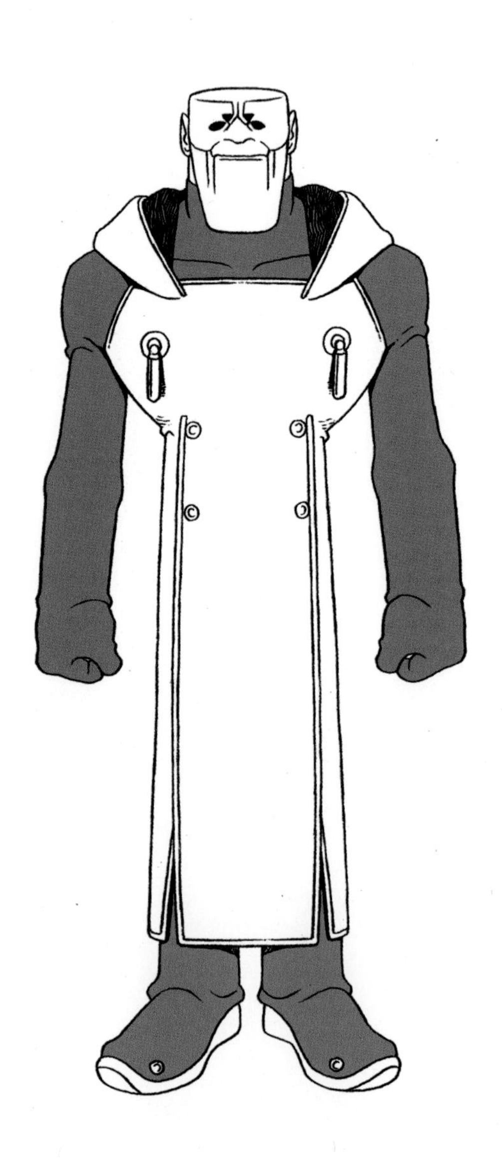

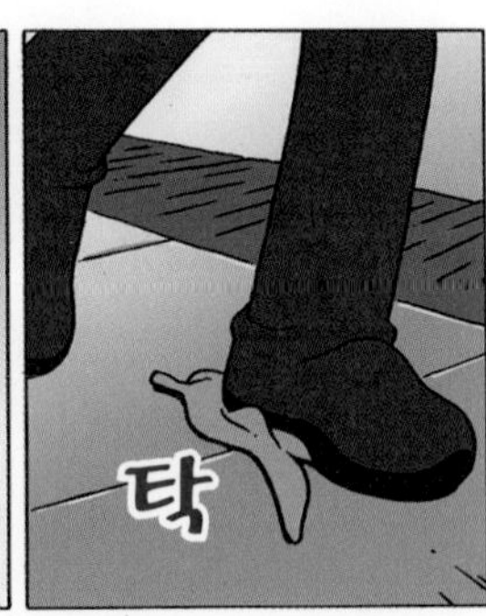
탁

슈욱

후우우…

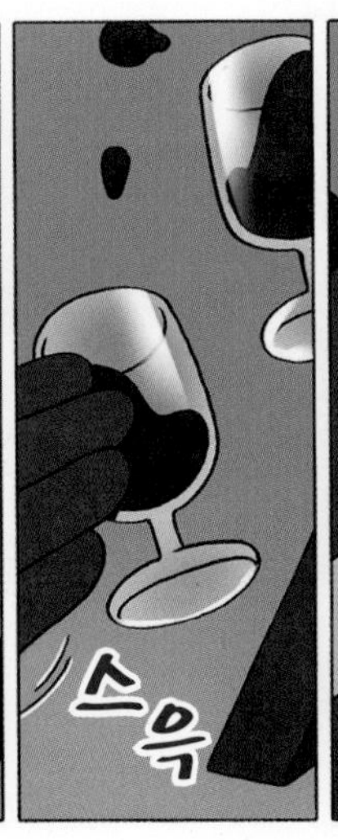
스윽

스윽

하아아…

덜컹

탁

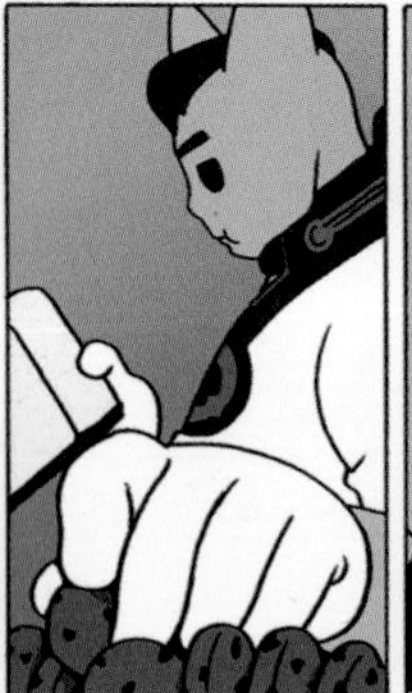

크흑!

탕
사사삭

짜

낙

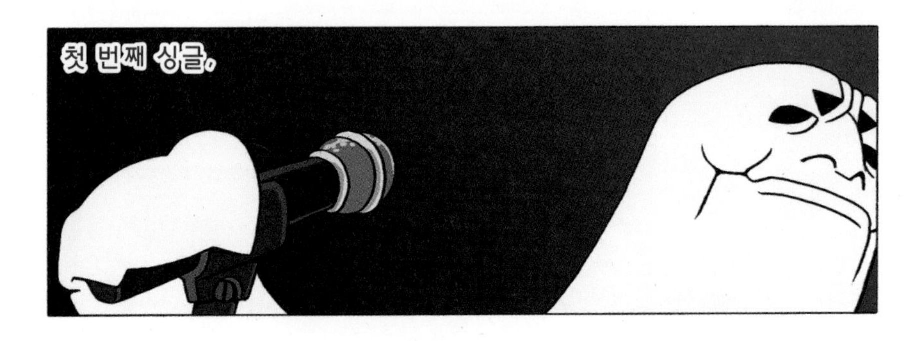

마침.

chapter .07

야엘 로드

후아아…
이제야 숨통이
좀 트이는구만.

아, 닥치는 대로
깨부수고
아무나
패고 싶어!

출항의 해방감… 주인들의
노리개가 되곤 하는 시간,
신체적으로 아직
어린 주인에겐…

… 특별 아이템!
짜잔!
뭐야?
샌드백요.
보급품 창고에서
찾아냈답니다.

오, 그래!
바로 이거야!
간만에 너…

놀랐잖아!
냐항!
놀라시긴…

니야아아아아항!

콱
콱
야! 야!

네, 네…
진정하시고요.
제가 할 테니
밥이나…

이건… 바퀴벌레가 아니라
우리 애플이 풀어놓은
스파이웨어,

실버퀵 제7지구의 내부
지도를 만들고 있다.
가끔 센서 오작동으로 이런
엉뚱한 곳에서 발견된다.

한 마리 한 마리
소중히 다뤄야 해.
왜냐하면…

탕

냐하냐!

왜냐하면…

에에에에…
… 엄청 비싸!

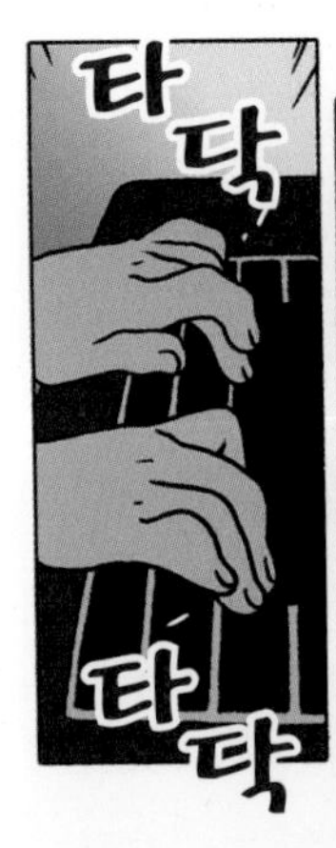
타닥
타닥

선생님, 야엘입니다. 요즘 그곳 이주 생활은 어떠세요?

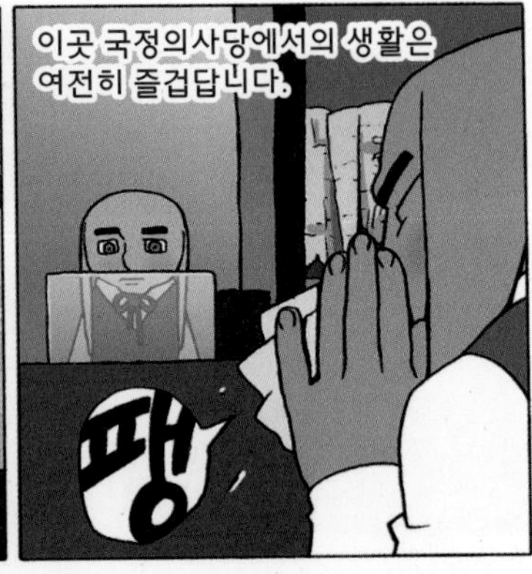
이곳 국정의사당에서의 생활은 여전히 즐겁답니다.
팽

좋은 동료들과
야, 생쥐! 나도 커피!
톡

창 너머로 멋진 경관을 가진 제 자리가 그저 감사할 뿐이지요.
주식 엄청 올랐다며? 한턱 내!
뭘, 이 친구야! 너 어제 걔랑 어디까지 갔어?

야아… 저 독종, 아직도 버티네.
좀 더 뜨거운 맛을 봐야 정신 차리려나?

의장님은 왜 매번 피코 저 생쥐들한테 자리를 마련해주시는 거야?
기회 균등의 원칙이라잖아. 피코들 표 잃지 않으려면 별수 있겠어?

조만간 이 행성의 모든 생쥐들이 자기 신분을 자각하도록 동영상을 또 하나 만들어주지.
지난번 건 오프닝이었어.

REC
오늘은 대청소의 날!
쓰레기통 비우러 갑니다.

REC
앗! 이게 뭔가요?

REC
쓰레기 더미
안에 생쥐가…
찌꺼기라도 핥아
먹으려고 몰래
기어들어왔나 봐요.

아, 지난번에 보고
많이 놀라셨다는 그 동영상…
짓궂은 녀석들의 장난일
뿐이랍니다.
너무 걱정 마세요.

……

선생님께서 꿈속에서
보셨다던 저의 비전…

그 또렷한 이미지를 늘
상기하며 후회 없는 시간들이
되도록 노력하고 있습니다.
매일…
틱

아…
파바밧
업무량이… 좀 많네요. ^^;;

야! 무슨 일정이
이렇게 빠듯해?
드드드

제트님의 1급 물류,
두 건이 추가돼서…
!

바바바바
아이템
적중.

… 하여 최단으로 동선을
짜맞춘 결과, 이번 택배의
첫 번째 수신인은…
행성 네게브의
국정의사당 서기,
야엘 님이네요.

네게브?
뭐야? 여기 좀
시끄럽지 않나?
네, 계층 간 갈등이
테러 행위로까지
번지고 있대요.

어느 정도냐면…

이야, 오늘 넥타이 색상
정말 잘 어울리시네.

어쭈! 이게 몇 번 인사받아줬더니
이젠 나하고 말을 섞으려고 하네?
네?

잘 들어. 너희 피코들을
상대해주는 이유는
두 가지야.

첫째, 화장실 청소
같은 건 너희 말고는
할 사람이 없으니까.

둘째, 이렇게라도 일할 기회를 줘서
너희를 알콜 중독자나 테러범이
안 되게 하려는 배려야.
그러니까 주제 파악하고
앞으로는 먼저 말 섞지 마!
알았어, 생쥐?

SWEET
SWEEP
끼익

네, 잘 알겠습니다.

근데 이거
미안해서 어쩌나?

그런 배려에도 불구하고
오늘 여기 국정의사당을
폭파할 거거든.

쓱싹
쓱싹

말끔
말끔

의장 떴다!

뭐야, 오늘 오찬 자리에서나 볼 줄 알았더니…
책상 정리! 책상 정리!

야, 빨리 쓰레기 치워!
툭

투둑
투둑

책상은 정신 상태를
말해주지. 자넨…
늘 쓰레기로구만.

며… 명심
하겠습니다.

그렇게 입으로만
명심할 거면 당장
짐 싸서 나가!
네놈 말고도 여기
들어오겠다는 정치 후보생들은
밖에 넘쳐나니까 말이야!

그래, 아버님은
무고하시고?
네, 의장님.
그렇지 않아도 안부
전해드리라는…

자네 스윙이 많이
좋아졌다면서?
이번 주말 어떤가?

네게브 인들은 왜 서로
못 잡아먹어 안달이래?

그게… 결국은
성장 특성
때문이라네요.

알에서 깨어나는 그들은 네게브
바닷물의 일종인 넥타르라는
물질 안에서 성장한대요.

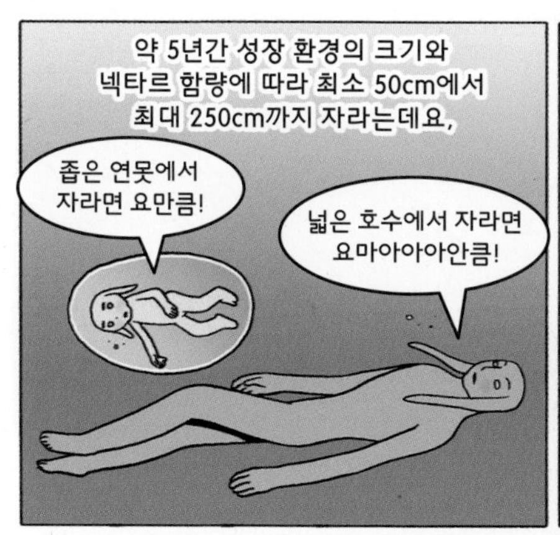
약 5년간 성장 환경의 크기와
넥타르 함량에 따라 최소 50cm에서
최대 250cm까지 자라는데요,
좁은 연못에서
자라면 요만큼!
넓은 호수에서 자라면
요마아아아안큼!

이후 몸의 염도 변화로 생기는
심장 쇼크를 막기 위해
매일 넥타르 샤워를 해야 한대요.

그런데 근현대화를 거치면서 경제 성장과
환경 문제를 고려해 신체 크기를 통일시켜야
한다는 통치위원회의 중론이 있었대요.

급속한 산업화로 천연 넥타르의
90%가 오염됐기 때문이었죠.
넥타르에 세금을 물리기
시작한 것도 이 때문이래요.

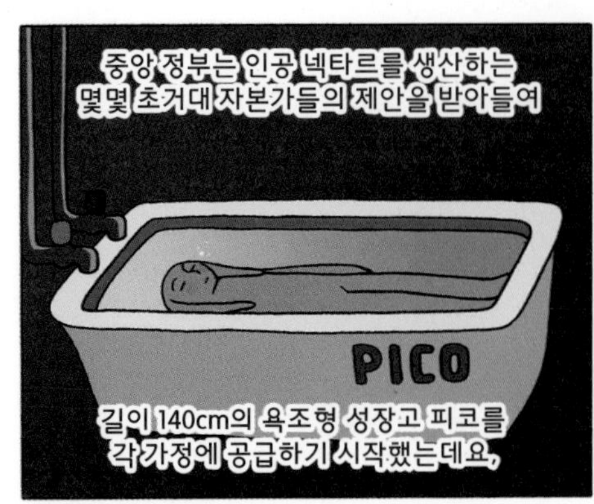
중앙 정부는 인공 넥타르를 생산하는
몇몇 초거대 자본가들의 제안을 받아들여
PICO
길이 140cm의 욕조형 성장고 피코를
각 가정에 공급하기 시작했는데요,

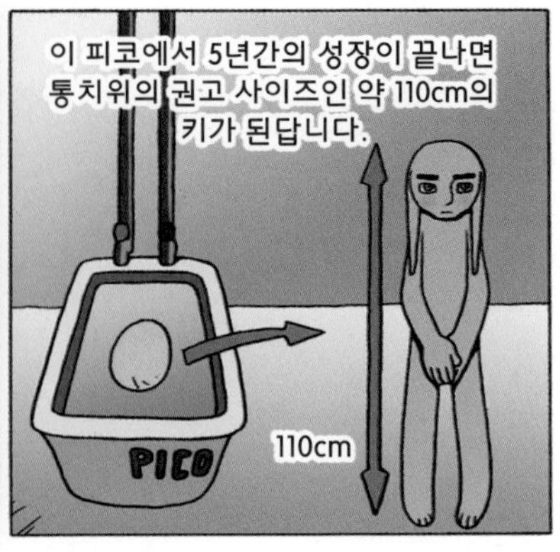
이 피코에서 5년간의 성장이 끝나면
통치위의 권고 사이즈인 약 110cm의
키가 된답니다.
PICO
110cm

하지만 경제 성장과 함께
가진 자들이 늘어나면서부터
뭐? 피코 외의 성장고엔
매년 세금을 더 물게 하겠다고?
까짓것 내지, 뭐.

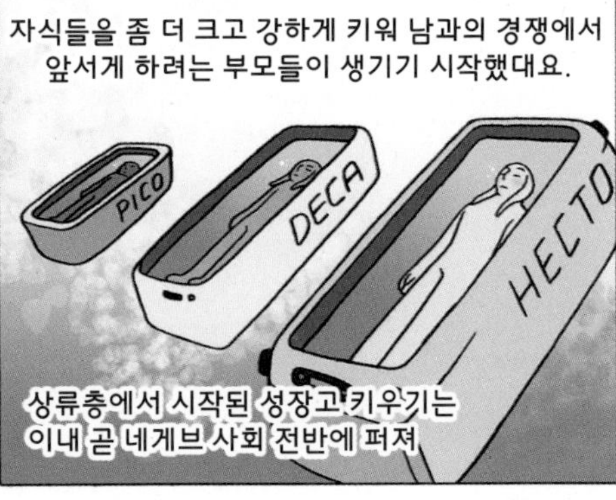
자식들을 좀 더 크고 강하게 키워 남과의 경쟁에서
앞서게 하려는 부모들이 생기기 시작했대요.
PICO
DECA
HECTO
상류층에서 시작된 성장고 키우기는
이내 곧 네게브 사회 전반에 퍼져

키가 곧 개인의 경제력과
교육 수준을 알려주는
척도가 됐답니다.
흥! 냄새나!

이후 성장고 피코는 네게브
최하층민을 뜻하는 의미로도
쓰이게 됐대요.
쳇! 웃기는
동네구만.

흥!
뭐…

뭐… 뭐야?
이봐!
한 번 생겨난
계층 간 적대감은
좀처럼 풀리지
않나 봐요.

틱

이거 아쉬워서 어쩌지?
잘 봐둬. 국정의사당의
마지막 모습이니까.

자, 어제까지
1분기 감사 치르느라
고생들 많았습니다.

네게브 제3통치위의
무궁한 발전을…
위하여!
위하여!

뭐야? 이거…
어디서 썩은 넥타르
냄새가…
그러게.

지하 6층?
네, 주인님.
쉬익

무한책임
우주 택배,
실버퀵입니다.
아…

야엘 님이신가요?
네!

여기다
서명하시고…

쿠웅
!

가이린…

!

츠
츠
츠

허억!

빠
각

아닷! 제기랄!
이게 뭔 일이람?
주인님, 다친 데
없으세요?

건물이
무너졌어요!

뉴스 속보입니다.

국정의사당이
붕괴되는 사상
최악의…
뭐…?

매몰 장소에는
제3통치위 국정
의원들을 비롯해…
뭐야?

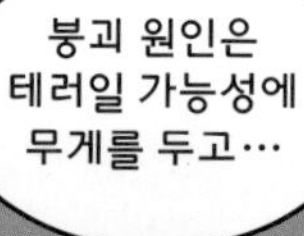
붕괴 원인은
테러일 가능성에
무게를 두고…

대체 무슨…

거기, 괜찮아요?
!

으아아아…

제 얼굴이
그렇게 놀랄
수준은…
그건 당신
생각이고!
피! 피!

어쨌든 위험하니
기둥 축대가 많은
강당 내부로
움직이시죠!

이… 이거 사태가
생각보다 심각하다.

운 좋게 사지가 멀쩡한 인원은 이곳에 약 70여 명,
200여 명 넘게 있었다는데 나머지는…
의원님, 심호흡! 천천히 들이마시고… 내쉬고…
그나마 실버퀵 통신 기술 덕분…
이라고 말하고 싶진 않지만

어쨌든 셀이 매개 역할을 해
지상에 있는 네게브 긴급 구조반과
교신은 되고 있다.
넥타르 공급원이 모두 끊겼다고?

현재 이들에게 닥친
가장 큰 문제는 넥타르 탈수.
하아아…
휴대용도 모두 떨어졌어.

몸의 염도 변화로 인한
쇼크사가 잇따를 상황이다.
그르르ㄹㄹ…
의… 의원님!

생존자 대부분 넥타르
섭취 후 평균 열여덟 시간
정도가 지난 상태이니

이제 앞으로 여섯 시간…
이걸로 부목 역할을…

… 이라지만 벌써 붕괴돼 갇힌 지 두 시간째,
남은 건 기껏 네 시간 정도다.
넥타르 케이블을 연결한 구호팀 로봇이
이곳에 도착하는 데는 약 여덟 시간…

설상가상으로
좌표 확인 고글이 망가져
내 시야 한도를 넘어선
치환 기술은 지금
쓸 수가 없다.

피가 통하도록
적당히…
……
우리 고객님만 무지
바쁘시구만.

퍽
왜? 그렇게라도 안 하면
우리한테 맞아죽을
거 같아? 이 쓰레기야!
그만둬!
퍽
퍽

무능하고 게으른 벌레들이
툭하면 제 인생을 우리
탓으로 돌리더니
의사당에
한다는 짓거리를 보라고!
이 썩은 종자들!

이봐!
외부인은
끼어들지 마!

어이, 괜찮아?
제가
맷집은 좀…
보태드려?

쿨럭
쿨럭
앗! 의장님!
뭐야?
살아 계셨어?

하지만 이거…
축대에 걸려 더 이상은
무리야.
으으…
어디 좀
봅시다!

봅시다!

툭
툭
뭐 하는 거야?

……
오케이, 절단해도
추가 붕괴는
없겠어.

연사 치환!
슈슉
슈슉슉

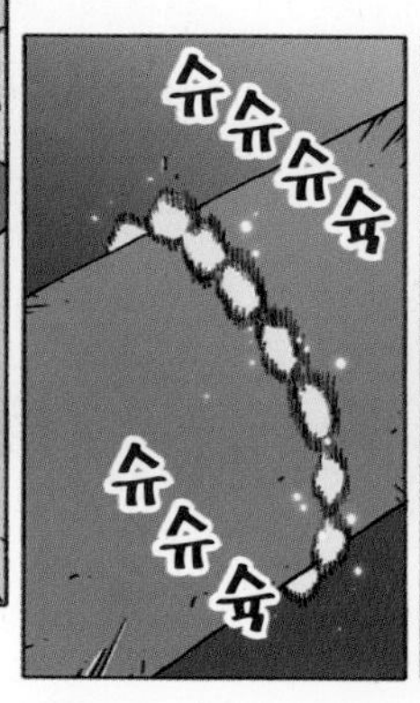
슈슈슈슉
슈슈슉

터엉

오오오…
뭐야, 이 친구?
쿵이야.

군중들 앞에서 본의
아니게 기술을
쓰다 보면

한두 놈씩… 유난히
눈빛을 반짝이는
경우가 있어.

그렇다면 틀림없이
둘 중 하나!

쿵사냥꾼 사보이거나…
뭐…?

도와주십쇼!
제가 앞장서겠습니다!
뭘?

그러니까…
매몰된 폐허 더미를
뚫고 지나가겠다고?
네,
의원님!

우린 지금
여덟 시간이나
기다릴 만한 여유가
없습니다.
하지만
이쪽에서도 같이
움직인다면
상황은 달라집니다.
늦기 전에
넥타르를 공급받을 수
있어요!

미쳤군.
도중에 추가 붕괴되면
자넨 바로 압사야!

아니면…
우린 반드시…
살 수 있습니다.

미친 진드기!
이분과
함께라면…
누구 맘대로!
살포시
손 얹지 마!

네?

그 정도 가지고
구조대는 무슨…
덴마 군이라면
충분히 살아
나올 수 있어.

붕괴 사고 덕분에
귀한 데이터가 잔뜩
쌓이겠는걸.
그럼 귀염둥이,
계속 수고해줘.

……

안 돼!

매몰 지대를
뚫고 지나?
미친 짓이야!
절대 안 돼!

하지만 의장님, 이대로
죽음을 기다릴 수는
없습니다.
가장 작은 제가
붕괴의 위험에서
상대적으로…

바퀴벌레보다 크면
다 마찬가지야!
까불지 말고
구조대나 기다려!
그리고 어디서
또박또박 말대답이야?
평소엔 찍소리도
못하던 녀석이…

의장님, 실은 지금
상황이 여차 저차 해서
이야기가 아까…
응?
아, 그래요?

자네만 믿네!
덥석
저기…
아무리 그래도
잠시 갈등하는
척이라도 좀…

신 났구만! 신 났어!
이때다… 싶은 거겠지?

행여 여기서 살아 나가면
영웅 대접이라도 받을 줄
아나 본데…
하긴, 이런 상황에서
의사당 밥 축내는
피코가 저 정도는
해야 도리지.

그렇구만, 영웅…
그럼 우리도
거들어드려야지!
?

뭐? 구조대를
못 보내겠다고?

아, 보다 정확한 회사의 입장은
구조대가 필요없다, 인데요…
솔직히 주인님 실력이면
이건 일도 아니지 않나요?

한때
우주 무법 지구들을
평정하셨던 퀑계의
살아 있는 전설!
응? 응?
아, 뭐…

넥타르 케이블에
주인님 새 고글도
함께 보낼게요.
그러니 잠시만
고생하시면…

… 같은 소리 하고 있네!
실버퀵 이 깡패 자식들이
사람 목숨 알기를…
냐항!
어이,
기사 양반!

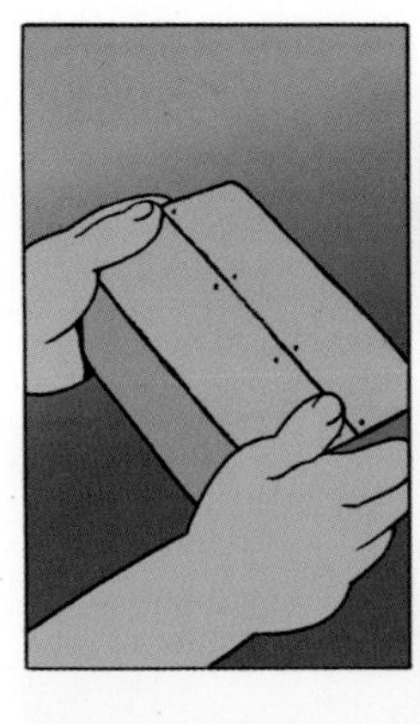

더 이상
견디기 힘든
상황이 되면
메모리를
열어보렴.

앤 선생님…
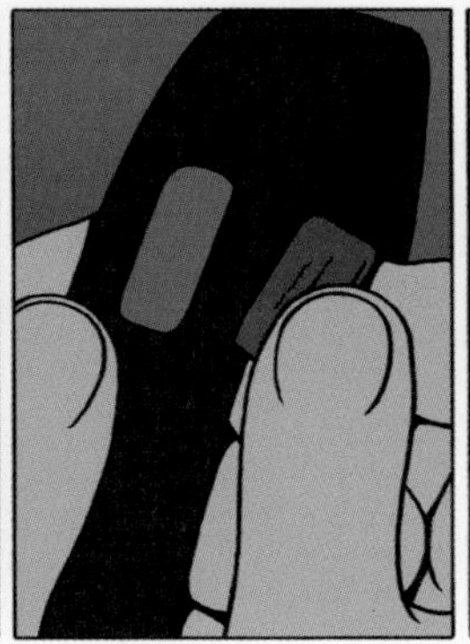

딸칵

자, 고객님.
이제 가실까요?

여러분,
잘 묶어서 안 끊어지게
계속 이어주세요.
쫘악

저 혹시…
제가 모르는 무슨
좋은 일이라도…?
닥치고 어서
올라가세요.

셀,
고객님 불편 없으시게
앞을 잘 비추어드려.
내 얼굴이나
치환 기술…
비추면 안 되는 거
알고 있지?

아… 네.
냐하냐…

어이,
기사 양반!

방송국에 있는
내 친구가 자네와
할 얘기가
있다는데…

그러니까…
우리 장치를 이용해
행성 전체에 탈출 상황을
독점 중계하고 싶다?

네, 이번 일을 계기로
테러에 대한 경각심과
우주 평화…

얼마 줄 건데?
네?

반가웠습니다.
아, 자…
잠깐만요?
어느 정도를
원하시는지…

이걸로 발생하는
매출의 30%!
예엣?

수… 순이익의 30%라도
말이 안 되는 판에…
반가웠습니다.

아… 알겠습니다!
일단 국장님께 말씀
드릴게요.
대신
촬영 조건들이
있습니다.

그건
당신네 국장 사인
받아 오면 들을래.

우선
우리 고객이 자신이
방송되고 있는 걸
모르게 해달라?
그야 뭐…
자, 출발!

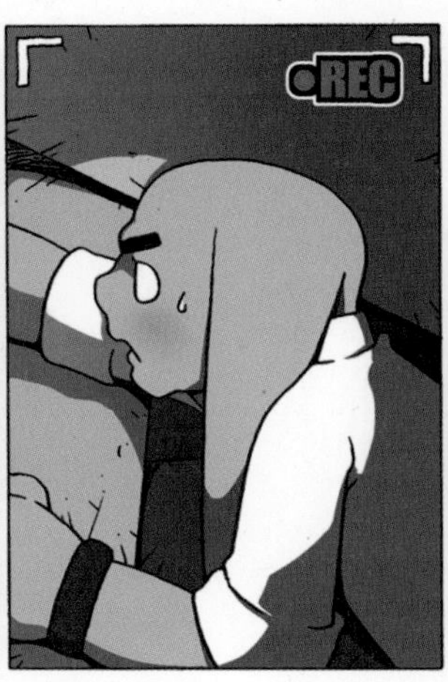
REC

네, 지금 여러분은
저희 3채널에서 독점
생중계 중인…

!

드디어 불구경이 시작됐군.

이건 행성의 모든 피코들에게 전하는 교훈이야.
벌써 두근거리는걸. 네 입에서 터져 나올 불만들이 말이야.

피코 한 놈의 말실수 몇 마디면 네놈들을 몽땅 옭아맬 수 있어.
똑똑히 봐둬라, 이 쓰레기 피코들아!

주제 파악 못 하고 날뛰면 결국 그 뒤치다꺼리를 누가 하게 되는지…

그리고 얼마나 처참한 꼴로 마무리되는지 말이야.

……
막혔어요!

주인님, 붕괴가 우려되니까
통로는 최소 범위로만…

오케이!
슈
슈
슉

크흐윽…!
REC

맙소사! 저게 무슨 짓이야?
보는 것만으로도 숨 막혀…

저러다 무너지면…
저 생쥐들한테는 가능한 일이지.

개자식들! 왜 피코에게 저런 일을 시키는 거야?

크으읏!

매출의 30%…
신이 준 기회다!
이번에 확실히 땡겨놓으면…
탈출, 그리고 그 이후의 계획을 세울 수 있어. 버텨내자.

방송국이 내건 두 번째 조건…
대화가 끊기지 않도록 계속 질문하라.

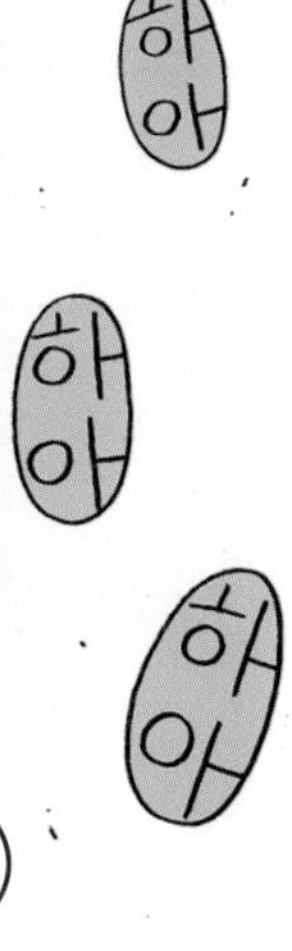
하아
하아
하아

후아아…
이… 이봐!
좀 쉬자구!
아니 뭘 드시길래
그렇게 힘이 좋아?
응? 무슨
질문이…

후우우…

초등학교 때…
선착순 집합으로
청소 당번을
시켰었어요.

제가 두 번 뛰어야 할 거리를
다른 아이들은 한 번에 뛰었기
때문에 결과는 늘 같았죠.
귀가가 늦어지면 저녁을
굶어야 했어요.

아버지가 죽고 난 뒤,
보육 시설에 맡겨졌는데
그곳은 식사 시간이
정해져 있었거든요.
선생님…

그럼 남들이 한 걸음 뛸 때,
넌 두 걸음 뛰면 되잖니?

네?
그… 그렇게
뛰다가는
심장이…

그럼 불평하지 말고
그냥 받아들여,
이 피코 녀석아!

너무 어이가 없고
화가 났죠!
그래서 전
그 선생님의…

말씀대로 두 걸음씩
뛰었어요. 그랬더니
체력도 좋아지고…
아름다운 반전에
화가 나는걸!

자, 이제
가실까요?
저…
저기요,
아저씨!

툭
으헉!

거… 거기…
부… 부탁이
있소.

내 손에…
목걸이…

네, 말씀하세요.

이… 이걸…
내 딸 아이…
기번 3동…
아멜라…
아멜라에게…
전해주세요.

오늘… 딸아이가…
성장고에서
… 나오는
날이거든요.

그… 그리고
이 말도 좀…
전해주세요…
모… 못난 애비
만나…

피… 피코로
살게 해서…
저… 정말…
미안하다고…

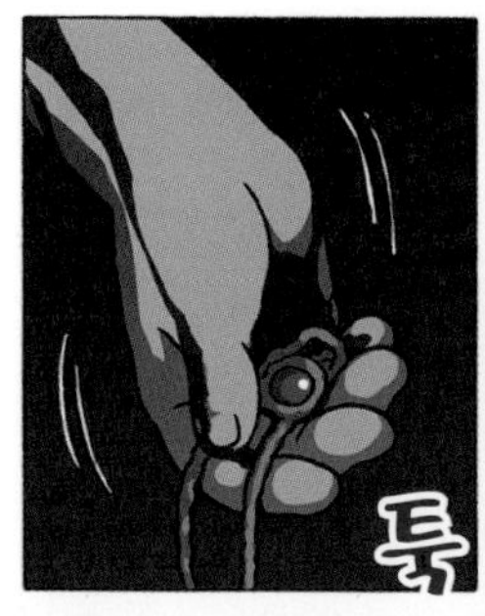
툭

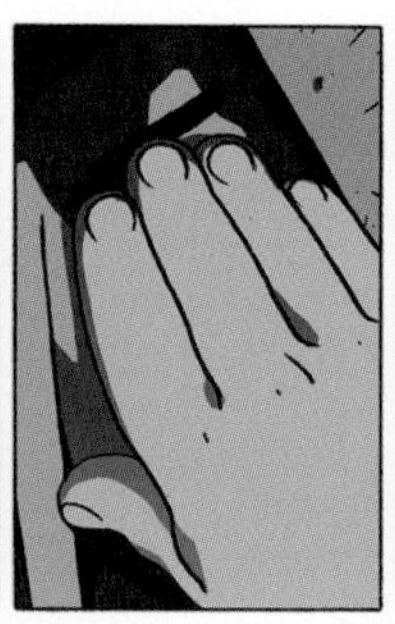

네, 목걸이는
따님에게 반드시
전달하겠습니다.
하지만…

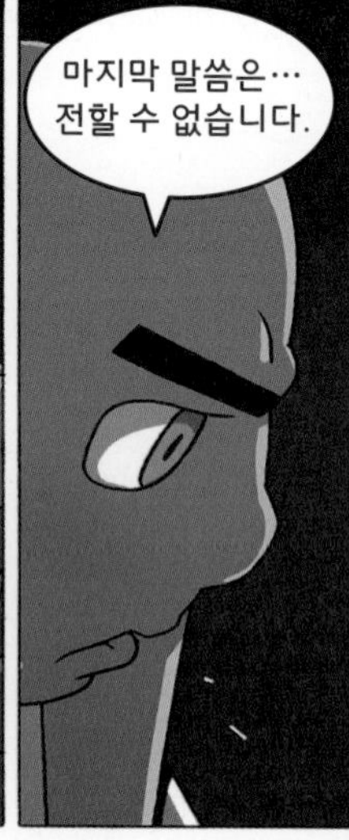
마지막 말씀은…
전할 수 없습니다.

자살하기
며칠 전…
아버지가 제게
말했어요.

넌…
내 인생이 실패했다는
증거라고…

아버지는…
피코가
아니었거든요.

이 사람…

우리 아버지만큼이나
나쁜 사람이네요.

피코로 살게 해서
미안하다니…

피코가 뭐가
어때서?
왜… 왜?

왜 피코로 살아가야 하는
우리한테 그따위 멍에를
씌우는 건데? 왜?

우리가 원해서
피코가 된 거야?

우리도 당신들처럼
매일 전쟁을
치르고 있다구!

우리가 당신들한테
듣고 싶은 건 피코라서
미안하다는 말이
아니야!

… 응원의 한마디!

사랑하니까…

힘내라는…

응원의 한마디!

이 못난…
아버지들아.

!

아, 미안합니다.
저도 모르게 그만…
별말씀을…
가시죠.

이상하네요.
이런 이야기
누구에게도 해본 적
없었는데…

뭐, 초면이라
이해 관계도
없고 하니
오히려
허심탄회하게…

근데 내가 당신
응석이나 받아줄
그런 분위기는
아니지 않나?
그… 그러게요.

흥! 징징대긴…
하여간 피코 놈들
찌질한 건…

참, 택배물!
챙겼어요?
나중에 회사에다
딴소리하면
정말 곤란해.

그렇지 않아도
여기…
뭔… 선생이
보내신 것 같던데…

제 은사이신
앤 선생님이세요.
아, 혹시
데바림 종족에 대해
아세요?

데바림?
이야… 그 이름을
이런 곳에서 다시
듣게 될 줄이야.
미래를 본다는
그 빌어먹을 예지몽
종족 말이지?

그분이 바로
거기 출신이세요.
……
그분의 꿈이 아니었다면
전 이미 그때 죽었을 겁니다.
그때…?

제가 한참 엇나가던 학창 시절, 상담실
담당으로 선생님이 오셨거든요.
미래를 본다는 사실은 학생들
사이에선 늘 화젯거리였죠.

그 무렵 제겐 짝사랑하던
여학생이 있었어요.
행성 최고의 플루트 연주자가
되는 게 그 아이의 꿈.

플루트라는 악기는 그 친구를
위해 만들어진 것 같았답니다.
그렇게 차근차근 진학을
준비 중이었는데

막상 실기 시험장에 준비된
악기 중에 그 아이의 손가락에
맞는 플루트는 없었어요.
그 아이…
피코였거든요.

제가 겪고 있던
부당한 일들에 대해선
잠잠하던 제 가슴이

그 친구의 절망 앞에서
처음으로 뛰기
시작했어요.

선생님…

저 같은 피코가…
세상을 바꿀 수
있을까요?

오, 이런…
야엘 군,
또 무슨 일이…

꺄아아아아아…

넥타르 탈수 쇼크사,
그 아이였어요.

이런 미친…
집에서나 뒈질 것이지
더럽게 학교에서…

정신이 들었을 때,

제 손목엔 수갑이 채워져
있었어요.

제가 때린 녀석이
재단 이사장 아들이란 건
얼마 후 알게 됐답니다.

스윽

그런데 소년원 이송 당일,
앤 선생님의 특별 면회가 있었어요.
야엘 군,
이거…

더 이상
견디기 힘든
상황이 되면
메모리를
열어보렴.

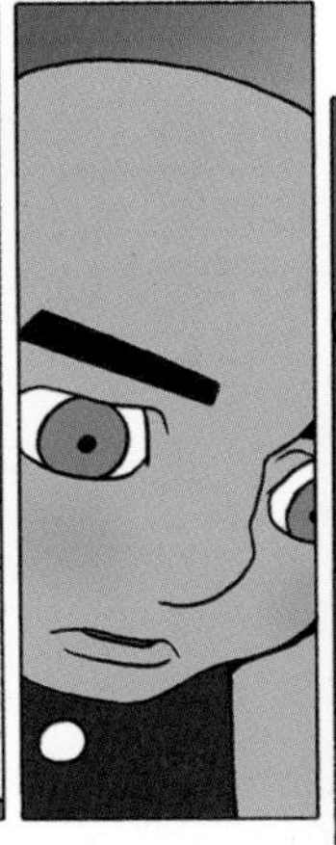

그 소년원은 일반 교도소와
별다를 바 없는 곳이었죠.
피코잖아!
귀엽게
생겼네.
걱정 마! 우리가
보살펴줄게.

계속되는 보살핌에
결국 넥타르 탈수를
결심한 그날…

앤 선생님의
메모리가
떠올랐어요.

그리고…

데바림…
말씀이 있었다.
이름 없는
작은 소년…
그 소년의
힘으로
행성 네게브는
새로운 시대를
맞이하리니…
이후 사람들은
영웅의 전당 가장 높은 곳에 그를 새겨
후손들에게 기억되게 할 것이다.
이는 그의 업적에 합당한 것으로,
사람들은 이후 그를…
위대한 주(Lord) 야엘,
야엘 로드라 부르게 된다.
야엘 군…
네 미래를
보았어.
픗

그날…
그날 선생님이 절 살렸어요.

방금 저 생쥐가
뭐라고?

피… 피코가
영웅의 전당에…?

저게 지금
무슨 헛소리야?
저것들이
지금 짜고…

친구야! 네 제안 덕에
지금 시청률이…
시끄러!

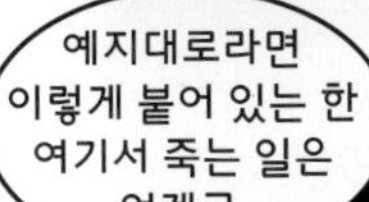
예지대로라면
이렇게 붙어 있는 한
여기서 죽는 일은
없겠군.

저기… 제가 좀
민감한 편이라…
닥쳐요!

데바리림의
축복이라니…
부러워.
… 쳇!
빌어먹을 아론
영감탱이!

이상하죠? 정해진 미래가
생기니까 오히려 더 열심히
노력하게 되더라고요.

선생님이 알려주신 비전이
제 꿈이 된 이후, 제 삶은
완전히 달라졌어요.
확신이 생기니까 어떤
어려움도 사소한 일이
돼버려요.

그래서 아까
발로 걷어차이면서도
태연했구만.
그 친구…
왜 그렇게 당신을
미워하는 거야?

아, 그 녀석…
옳지! 바로
이거야!
그래, 어디 한번
맘껏 쏟아내보시지.

그 친구뿐만이
아니에요.
피코에 대한
부정적인 편견을
가진 그들에겐

의사당 안에서의
제 존재가 자기들의
마음속에 있는
실패에 대한 두려움을
상기시키나 봐요.

행성 네게브를
쥐고 흔드는 몇몇,
그리고…
그들의 오만한
만행과 거짓말
앞에

눈밖에 나면
가진 걸 잃게 될까 봐
침묵하는

공포 마케팅의
피해자들…
그들에게
되묻고 싶어져요.

피코가 아닌
당신들…

그래서…

행복한가?

행성 네게브는…

진정
행복한가?

아무렴! 지금
우리만 하겠어?
역시…
그렇겠죠?

주인님, 이쪽은
상태가 불안정해요.
아무래도…
무너지면
넌 바로 폐기
처분…
쿠궁
!
우와아아아…
꺄아아…
주… 주인님!
찡
찡
주인님!
영감! 그게 무슨
개소리야!
허허… 개소리는,
이놈 자식아!
말한 그대로야.
넌 갇혀! 그리고
평생 그곳에서
못 빠져나와!

허억!
크아아아…
슈슈슈슈슉
덜컥
크흐윽…
이봐! 괜찮아?
다… 다리가…
슈슈슉
으허어억!
휴…
다행히…
젠장! 우리가 지금
얼마나 추락한 거야?
제때에
케이블 잡을 수
있겠어?
지금까지의
평균 속도와 야엘 님
부상 상태로
보아…
뭐어? 한 시간 이상
더 연장될 것 같다고?

안 돼… 이대로라면
케이블을 쥐기도 전에
모두 넥타르 탈수로…
후우우우…

잠시…
잠시 생각할
시간을 갖죠.

비… 빌어먹을!
우린 이제 어떻게
되는 거야?
제기랄!
피코 따위를
믿고…

염병할! 순식간에
최악의 상황이
돼버렸다!

방송국에서 내건
조건대로라면
혼자서 움직일
수는 없어!

젠장! 매출의 30%!
이 황금 같은 기회를…
역시 포기해야 하나?

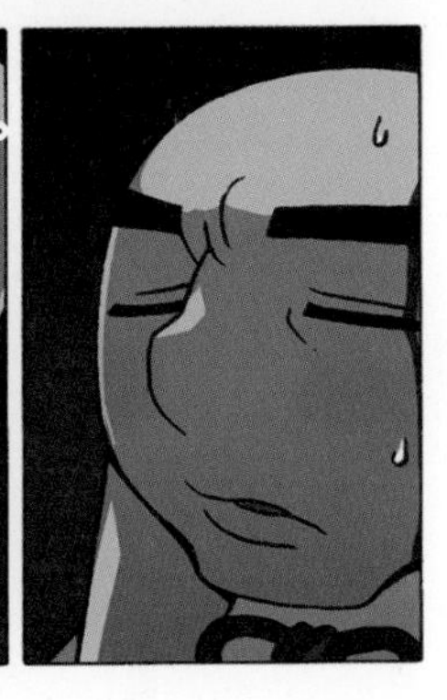

!
티리릭

안녕, 야엘 군!
군에게 제안할 내용이 있어.
이곳 행성 테라로
이주해 와줘.
이주 제반 경비와
이곳에서의 정착을
모두 내가 책임질게.

이주 후 이곳에서 시작한 학원 사업이 엄청난 성공을 거두었어.

이곳 테라에서의 생활은 정말 꿈만 같아.
왜 이곳을 사람들이 유토피아라고 부르는지 피부로 느끼고 있지.

여기엔 부당한 차별을 피해 이주해온 많은 네게브인들이 있는데
행성 자치국에서는 부지런하고 성실한 그들에게 넥타르를 무상으로 공급하고 있어.

야엘 군… 그곳 의사당에서 집단 괴롭힘을 당하는 동영상을 보았어.
나를… 나를 용서해줘.

내가 꾸며낸 이야기 때문에… 그런 수모를 겪고 있을 줄은 상상도 못 했어.

야엘 군이 소년원에 가게 됐을 때…
세상을 바꾸고 싶다던 야엘 군이…

용기를 잃게 될까 봐… 그때…
영웅의 전당 이야기를 만들어냈던 거야.

이 영상을 보고 있다면 아마 더 이상 그곳 생활을 견디기 힘든 상황일 테지?
미… 미안해, 야엘 군. 정말 미안해… 이 못난 선생님 때문에…

후우우…
타이밍하고는!
하필이면
이 상황에서…

풋!

푸하하하…
아무렴! 피코
따위가…

날 좀 부축해
주시겠소?

자네 아버님도
날 이해해
주실 거라 믿네.
?

퍽
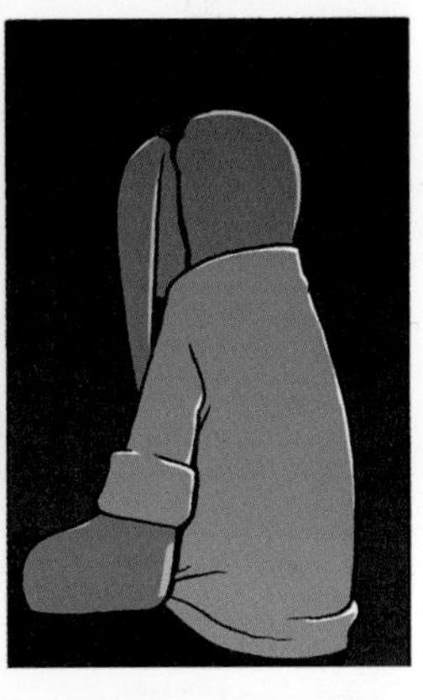

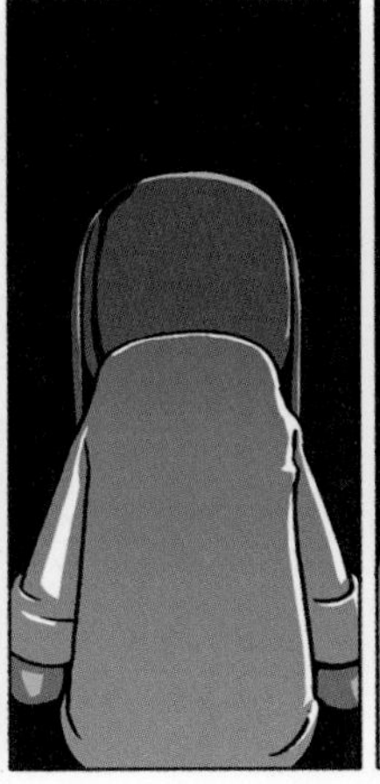
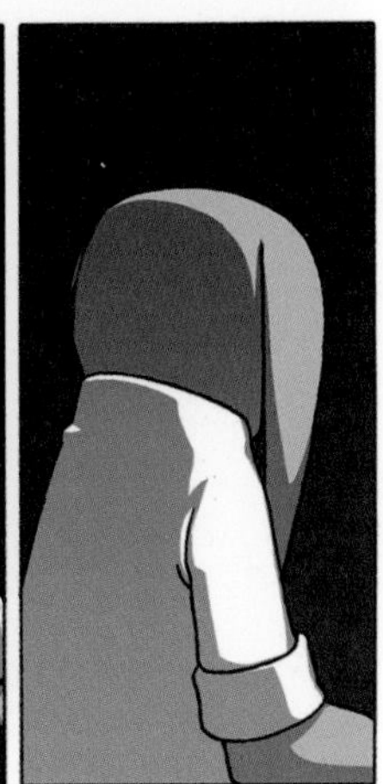

부탁이 있어요.

제가 혹시…
이곳을
못 나가게 되면…

앤 선생님께
대신 좀 전해주세요.
미안해하실 필요
없다고요.

선생님께서
만들어주신 비전 덕분에
지금까지…
전 매일
행복했습니다.

그건 선생님께서
꾸며낸 이야기가 아니라

제 꿈이에요.

하루를 버티게 했던 힘,

넘을 수 없는 벽에
맞설 수 있게 하던 힘,

오늘보다 내일이
기다려지게 하는 힘!

크으윽!

다행히 양팔은
멀쩡합니다. 이제
수직 코스로 뚫고
지나가죠!

가진 게
아무것도 없다는 사실이
이렇게 위안이 될 줄은
몰랐네요.

저한테 포기할
여유 같은 건
없습니다.
가시죠!

하아
하아
하아

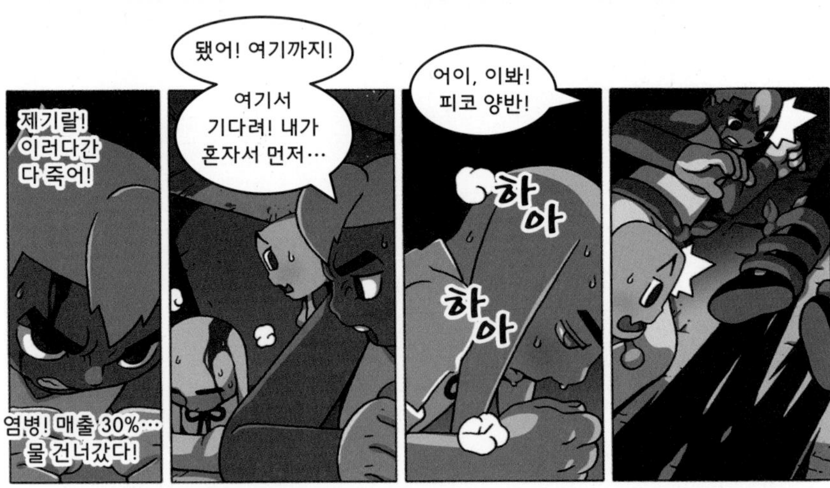
제기랄! 이러다간 다 죽어!
염병! 매출 30%… 물 건너갔다!
됐어! 여기까지!
여기서 기다려! 내가 혼자서 먼저…
어이, 이봐! 피코 양반!
하아
하아

뭐야? 이 엄청난 출혈은…
하아
하아
제기랄! 부러지기만 한 게 아니었잖아!
하아
이… 이봐!
이봐, 정신 차려!

!
허억!
……
이봐!
이봐!
정신 차려!
여기서
죽어버리면
짝
짝
개고생이
다 무효라고!
주인님! 로봇이
도착했대요!
네?
아, 네!
드르르륵
하느님이
보우하사…

내 고글…
오케이!
셀! 지상의
구급차 위치
좌표값 보내!
아, 잠깐!
톡 톡
쓱
쓱
됐어! 간다!
슈
슈
슉
……
에이 썅!
30%…ㅜㅜ
힘내쇼!!
이제
일어났나?
아, 의장님!
찰칵
후우우우…
콜록
콜록

흥! 건방진 놈!
지잉

!

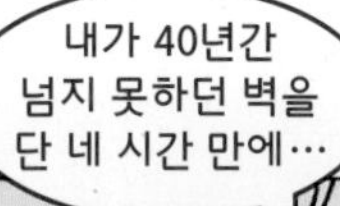
내가 40년간
넘지 못하던 벽을
단 네 시간 만에…

웃차! 우쭐대진 마!
미디어 덕분에 잠시
뜬 것뿐이니까!

재활 끝나면
내 사무실로
출근해!
지잉

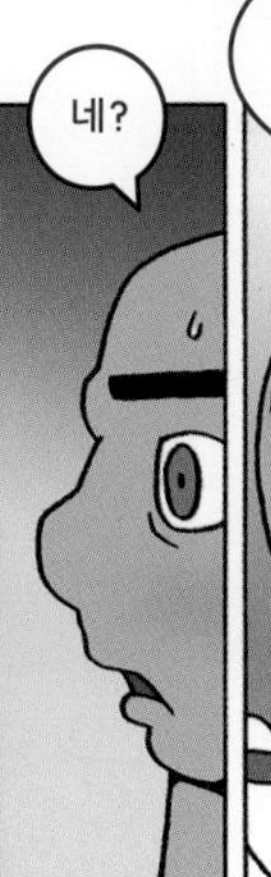
네?

역시… 내가
사람 보는 눈은
있다니까!

퉁

도대체 무슨…

미안, 야엘 군!
그건 내가 꾸며낸…

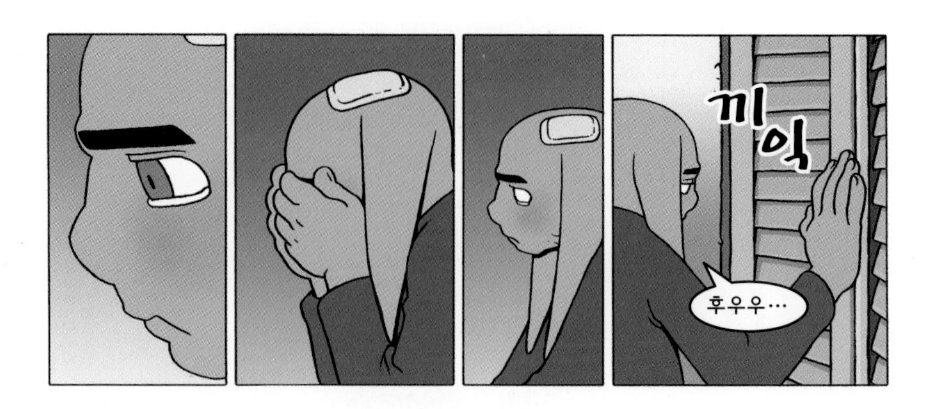
끼익
후우우…

?
우와아아아아아…

야엘!
야엘!
야엘!

마침.

A.E.

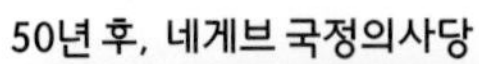
50년 후, 네게브 국정의사당

대회의장?

방금 끝났어.
밥 먹자.

응, 지금
내려갈게.
YA·EL ROAD

YA·EL ROAD

예에에에에에…

네?
미안, 노아 의원.
갑자기 한 사람 늘었어.
함께 식사… 괜찮지?

아하! 선배님께서
절 회유하시려고
제삼자를…
분명히 말씀드리지만
이번 법안만큼은 결코…
아, 시끄러!
이 친구야!

YA-EL ROAD
엡!
탓

엄마!

우리 공주님이…
이곳까지 어인
일이실까?

여기를 다 찾아오고…
그래, 용건이 뭐냐?

잠시만 이러고
있을게.

……

이곳 의사당이
테러로 무너졌을 때,
네 할아버지께서
야엘 님을 통해
엄마한테 남기신
말씀이 있단다.

사랑하는
내 아이야,

힘내거라.

주말에 봐,
엄마!

저… 저기…
아… 아멜라
의원님!

……

전화번호 같은 건
본인한테 직접 물어봐,
이 친구야.

뛰어!

목표가 생기면
무작정 달려들어야지.
실패를 두려워할
여유 같은 건
없을 때니까.

A.E.

냐하냐…
네, 주인님.
좋은 소식,
나쁜 소식?
그러니까…
좋은 소식 다음에
나쁜 소식이
있는데요.
나쁜 소식부터
읊어봐.
그러니까…
실버퀵에서
관리하기로
했답니다.
……
뭔 소린지
모르겠는데 그 이름
듣는 것만으로도
충분히 기분 나빠.
좋은 소식은…
네게브 3채널에서
당초 약속대로 매출의
30%를 지불하겠다고…
뭐?
응?
당연히 실버퀵
소유지, 덴마 군!
계약서 내용 확인
안 해봤구나.
와삭

대신 보너스는
두둑히 챙겨줄게.
그럼 수고!
아니, 이런 걸로는
충분하지 않아.
주… 주인님!
쉬이이
놀랄 것 없어.
분노에 짓눌린
인간은…
쉬이이
퇴행하게
마련이거든.
쉬이이
그리고 셀,
너 말이야…
기쁜 소식 다음에
나쁜 소식이라면
그냥
나쁜 소식인 거잖아.
너도 정말 나빠.
냐항!
뭐, 내친김에…
우우웅

다녀올게.
네, 주인님.
셀, 들리니?
방금 도착했어.

욤마 하 하 하 하
핫~브레이커~
냐핫!
반장님!

크윽! 덴마 군,
지금 무슨 짓이야?
내가 뭘 잘못
했는지~

고객
컴플레인?
웃기지 마. 누구처럼
업계 전설은 되고
싶지도 않지만
그렇다 쳐도
고객 불평이 웬 말?
나 지금까지 일처리
꽤 깔끔했거든?
가끔 우리 서비스에
괜한 시비를 거는
분들이 있어.
걱정 마, 내가
잘 처리할게. 그나저나
건물 붕괴라니…
몸은 괜찮아?

!
배달 일정 맞추는 걸
도와주러 왔으니
몇 개 더 부탁할게.
그래!
얹어봐.
그럼…

수고…
이봐,
총각!

아, 참!

안 좋은
소식이 있는데…
이미 충분하니까
당장 꺼져.

덴마 군이
변호했던 세 사람…

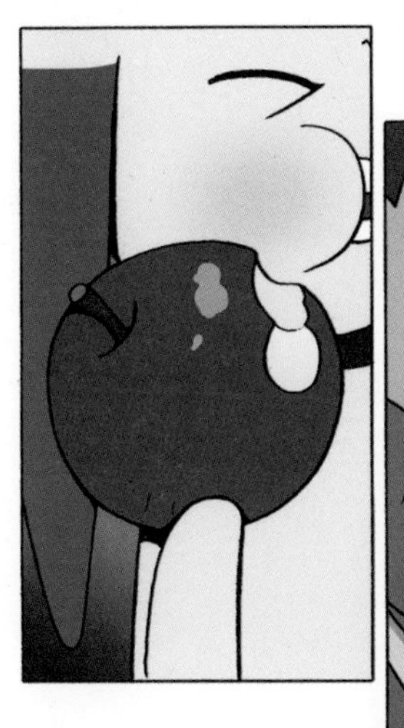

!

애플…
놈들이 알고 있다!

chapter .08

반장 바헬의 하우 투 킬

어이!

우우웅

뭐야, 다친 데는 없어?
멍청한 이브가 실버퀵 본 시스템이라 손 못 댄대.

후욱
!

그 껌 나도 하나 줘봐.

후욱

이거 설정이 잘못돼서 그래.
내가 전에 손을 댔거든.

응?

빳

……

!

으읍…!

떼려고 할수록
더 엉겨 붙어.
살과 혓바닥에
녹아 붙어서
뱉을 수도 없고.

크흐읏!

향기가 신경을
자극하니까 누구나 다
무작정 씹어보고
싶어 하더라.

마침.

A.E.

저… 저기요.
저 정말 죽거나 다치면 안 되거든요.

일반인 다치면 우리도 곤란해요.
너무 걱정 마시고 잠시 사냥을 돕는다고 생각하세요.

무한 책임 실버퀵입니다. 도착 예정 시간은…

오케이, 모두 위치로!

요란하다, 요란해. 도대체 왜 가알 선배 말은 안 듣는 거야?

봐, 기술 쓸 때 고글 끼잖아.
이 정도면 우리 둘로도 충분…

가알 그 자식 얘기는 내 앞에서 꺼내지 말랬지.
푼돈 아끼려다 아주 골로 가는 수가 있어. 닥치고 집중해!

어?

뭐?
동영상의 그 꼬마가
아니라고?
이런
제기랄!

끄덕
CALL

아, 저…
지난번에 오셨던
그분이 아니네요?

네, 저는 고객의 소리 담당
에드레이라고 합니다.

아… 그분한테
직접 전할
불만 사항들이
있었거든요.
게시판에도
그렇게 알렸는데…

네, 사칙에 따른
제 책임 영역이라
이렇게 대신
방문…

거봐. 내가 뭐랬어?
얘들 모았는데 허탕만…

닥쳐!

하!
끼릭
이것 봐라…

쿵?

응. 혹시나 해서
게오르그 필터로
체크해봤더니…
화면 전송해줄게.
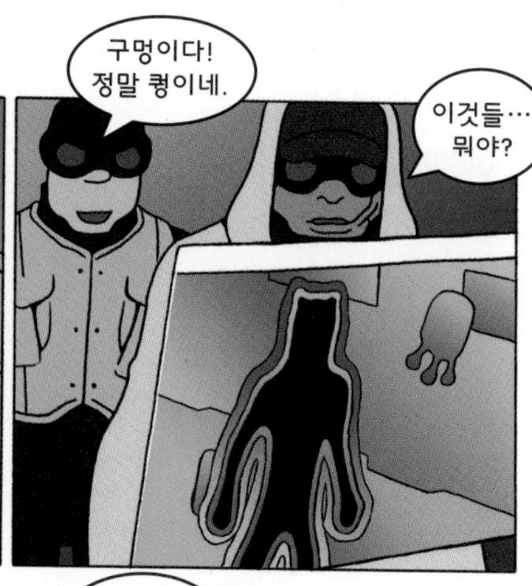
구멍이다!
정말 쿵이네.
이것들…
뭐야?

어쩔까?
파장 색깔로 봐선
그리 어려울 것 같진
않은데…

어쩌긴 뭘?
우린 쿵 사냥꾼,
사보이!
꿩 대신 닭이든
닭 대신 꿩이든
무조건 잡고 봐야지.

우선
마루타 2기만
보내봐.
어떤 기술을
쓰는지 한번
보자구.

찰
칵

탕

푸
쉬
익

기
기
긱

7층이랬지?
주인님, 그런데…
고객님 통화 목소리가
좀 이상하지
않았나요?
그… 그랬나?
덴마 군이 어떤
실수를 했길래…
아, 그게 아니라…
팅
너무 걱정 마.
내 필살 애교로…

!

1권 마침.

DENMA 1

초판 1쇄 발행일 2015년 1월 21일
초판 6쇄 발행일 2021년 11월 17일

지은이 양영순
채색 홍승희
펴낸이 정은영
펴낸곳 (주)자음과모음
출판등록 2001년 11월 28일 제2001-000259호
주소 10881 경기도 파주시 회동길 325-20
전화 편집부 (02)324-2347, 경영지원부 (02)325-6047
팩스 편집부 (02)324-2348, 경영지원부 (02)2648-1311
E-mail neofiction@jamobook.com

ISBN 979-11-5740-101-7 (04810)
979-11-5740-100-0 (set)

이 도서의 국립중앙도서관 출판예정도서목록(CIP)은 서지정보유통지원시스템 홈페이지(http://seoji.nl.go.kr)와 국가자료공동목록시스템(http://www.nl.go.kr/kolisnet)에서 이용하실 수 있습니다.(CIP제어번호: CIP2015000741)

이 책에 실린 내용은 2010년 1월 8일부터 2010년 4월 2일까지 네이버웹툰을 통해 연재됐습니다.